진달래꽃에 갇힌
김소월 구하기

진달래꽃에 갇힌
김소월 구하기

새롭게 읽는 소월의 시

박일환 지음

한티재

소설가이자 뛰어난 에세이스트인 고종석은 자신이 꼽은 한국의 대표 시집 50권을 소개하는 책 『모국어의 속살』에서 김소월의 시집 『진달래꽃』을 첫머리에 내세우는 이유를 이렇게 말했다.

> 『진달래꽃』은 한국 현대시문학의 수원지(水源池)다. 아니 그것
> 은 수원지일 뿐만 아니라 가장 높은 봉우리 가운데 하나이기도
> 하다. 그것은 예스러우면서도 현대적이고, 깊다라면서도 높다랗
> 고, 순정하면서도 풍만하다. 상투적 표현을 쓴다면, 『진달래꽃』
> 은 시인공화국의 정부(政府)다.

고종석이 아니더라도 이런 식의 찬사는 별반 낯설지 않다. 고종석의 말마따나 김소월이라는 이름이 한국 현대시문학의

가장 높은 봉우리를 차지하고 있다는 걸 부정할 사람은 없다. 국민시인이라는 칭호가 결코 넘치지 않는 시인 김소월! 그런데 우리는 과연 김소월의 시를 얼마나 사랑하고 있을까? 김소월 시의 맛을 제대로 알고 느끼며 읽어 오기는 했을까? 이런 의문을 던져보면 선뜻 고개를 끄덕이기 쉽지 않다. 아는 시라고는 교과서에서 배운 몇 편이 전부일 것이고, 그나마도 참고서가 풀이해 주는 대로 따라 읽은 것에서 한 발짝도 나아가지 못한 경우가 태반일 테니까.

지금까지 수많은 국문학자와 시인들이 김소월에 대한 연구논문과 평론을 써냈지만 정작 시를 읽어야 할 독자들에게는 가닿지 못했다. 그분들의 탓이라고 할 수는 없지만 언제까지나 김소월 하면 「진달래꽃」과 「산유화」나 「초혼」 정도의 목록에서 이야기가 그쳐야 하고, 민요조의 율격으로 서러움과 그리움의 정한(情恨)을 노래한 시인이라고 하는 평가에 머물러야 하는 걸까? 그래서 김소월의 시를 새롭게, 그리고 재미있게 읽을 수 있도록 하는 길잡이 책이 하나쯤 있으면 좋겠다는 생각을 했다. 「진달래꽃」과 「산유화」의 감옥에 갇힌 김소월을 구출해 보고 싶다는 욕망에서 이 책을 시작했음을 고백해 두고 싶다.

김소월은 한국 근대시의 출발점이다. 그보다 앞서 등장한 주요한이나 김억 등의 이름이 근대시의 개척자로 거론되기는 하지만, 그들이 근대시에서 이룩한 성과란 건 그저 몇 발짝 먼저 발을 떼었다는 것 정도일 뿐이다. 최초의 문예동인지라고 하는 『창조』가 1919년 2월에 일본 동경에서 발행됐다. 그리고 다음해인 1920년에 김소월의 시가 『창조』에 실렸다. 이때만 해도 김소월이 앞으로 한국 시문학사의 우뚝한 기둥이 되리라고는 스승인 김억조차 알지 못했다. 사실 첫 활자화된 김소월의 시는 아직 제 모습을 갖추지 못한 상태였다. 오죽하면 김소월의 시를 처음 대면한 김동인이 '불용품(不用品)'이라는 붉은 글씨를 써서 돌려보내려고 했겠는가. 그랬던 김동인이 그 후 "조선 정조(情調)의 진실한 이해자요 조선 감정의 진실한 재현자—오 조선말 구사의 귀재—그것이 우리의 시인 소월이었다"라는 평가를 내리게 된다.(「내가 본 김소월 군을 논함 ― 소설가의 시인평」,『조선일보』 1929. 11. 12~14) '조선말 구사의 귀재', 이 말이 허투루 나온 게 아니다. 김소월은 우리 말의 특질을 누구보다 잘 알았고, 시를 쓸 때 그런 특질을 기 가 막히게 반영할 줄 알았다.

하지만 그것만으로 김소월의 시를 평가할 수는 없다. 김소 월 시의 진폭은 매우 넓다. 10여 년의 짧은 창작기간을 가졌 을 뿐이고 그나마도 중간에 휴지기가 있었지만, 시의 형식은 물론 시로 그려낸 풍경과 내용이 무척 다채로운 편이다. 상실 감과 비애감이 김소월 시의 기저를 이루고 있긴 하나, 우리가 미처 발견하지 못한 김소월 시의 다른 면모를 무심하게 넘기 는 바람에 우리는 지금껏 김소월을 너무 일면적으로만 평가 해 왔다. 식민 시대를 살아가는 동안 김소월이 뚜렷한 민족의 식을 지니고 있었으며, 그런 경향의 작품도 썼다는 건 어느 정도 알려진 편이다. 그럼에도 그런 작품들이 연구자들의 손 을 떠나 대중 앞에 제대로 소개되고 널리 읽히지는 못한 편 이다. 이 책에서는 널리 알려진 시는 물론 그렇지 못한 시 중 에서도 꼭 소개하고 싶은 작품들을 많이 담으려고 했다. 김소 월의 시 전부를 정독하고 자료를 찾아 읽으며 책을 쓰는 동 안 정말 좋은 시들이 몇몇 유명한 시에 가려 빛을 보지 못하는 게 안타깝다는 생각을 많이 했다. 김소월이 이런 시도 썼나, 이렇게 좋은 시를 내가 왜 몰랐지, 하는 반응들이 나올 수 있다면 좋겠다.

작품에는 정본(正本)이 있다. 김소월 시의 정본을 정하는 데 꽤 많은 시간이 걸렸고, 완벽하지는 않지만 지금은 그래도 웬만큼 정본 확정 작업이 이루어진 편이다. 작품을 제대로 해석하고 감상하기 위해서는 정본을 놓고 읽어야 한다. 사후에 발굴된 유고시를 포함한 김소월 시를 모두 모아 몇 군데서 전집을 냈는데, 내가 주로 참고한 건 김종욱 씨가 정리한『정본 소월 전집』(명상, 2005)이다. 그리고 김소월의 친필로 된 유고시를 판독할 때 편자마다 조금 차이가 있는데, 유고시 부분은 전정구 교수가 편한『소월 김정식 전집』(한국문화사, 1994)의 표기를 따랐다. 김소월이 살았던 시대와 지금은 우리말 표기 방법이 너무 달라서 자칫하면 시인의 의도와 다르게 읽어낼 소지가 많다. 그런 실수를 되도록 줄이려 했고, 실제로 다른 이들이 잘못 이해했거나 무심하게 지나친 부분을 내 나름대로 해석한 대목들도 있다.

앞에서 작품에는 정본이 있다고 했지만 작품론에는 정본이 있을 수 없다. 얼마든지 그리고 언제든지 새롭게 해석될 수 있고, 그래야 하는 게 문학작품이다. 다만 잘못된 근거를 가지고 엉뚱한 해석을 하는 건 경계해야 한다. 기존의 연구자들이 내놓은 결과물들 중에도 그런 억지논리가 많이 보인다. 내가 내세운 해석과 추론들 역시 비판받을 소지가 많을 것이다. 그럼에도 때로는 과감하게 내 생각을 앞세운 부분들이 있다.

김소월의 시는 쉬운 듯하면서도 결코 쉽지 않다. 그런데 우리는 지금껏 너무 쉽게 김소월의 시를 읽어 왔다.(어쩌면 소비해 왔다는 표현이 어울릴 수도 있겠다.) 그러면서 김소월의 시를 다 아는 것처럼 여기고 뒤로 밀쳐두었다. 그러다 보니 김소월 시집은 넘쳐나지만 제대로 된 해설서 한 권 찾아보기 힘들다. 모자라는 역량이나마 그런 답답함을 조금은 뚫어보고 싶었다. 작품 해석의 통로는 다양하게 열려 있어야 한다는 생각에 용기를 냈고, 내 독법에 공감해 주는 독자들이 있다면 그것으로 충분하다.

이 책은 연구서가 아니라서 가능하면 어려운 용어나 이론을 앞세우지 않았고, 그럴 깜냥도 못 된다. 그리고 독자들을 위해 김소월에 얽힌 일화나 전기적 측면을 많이 끌어들였다. 시를 이해함에 있어 시인의 생애와 연계시키지 않고 작품 자체로만 이해하는 것도 하나의 방법이지만, 시인이 특정 작품을 쓸 때의 상황과 심리를 이해하면 작품 안에 담긴 의미를 조금 더 깊이 이해할 수도 있으리라 믿는다. 시인과 시를 함께 읽는 것, 그게 이 책의 기본 의도이기도 하다.

김소월은 과거형이 아니고, 지금도 계속 읽히고 새롭게 해석되어야 할 시인이다. 그래서 책의 뒷부분에 김소월 시에 다른 시인들의 시를 겹쳐 읽은 글을 배치했다. 이 책을 읽고 그동안 몰랐던 김소월의 새로운 면모를 발견하거나 마음에 담아두고 싶은 시편을 발견했다면 책을 쓴 이로서 크나큰 기쁨이겠다.

2018년
박일환 씀

진 달 내 꽃

나 보기가 역겨워
가실째에는
말업시 고히 보내드리우리다

寧邊에 藥山
진달내 꽃
아름싸다 가실길에 뿌리우리다

가시는거름거름
노힌그꽃을
삽분히 즈려밟고 가시옵소서

나 보기가 역겨워
가실째에는
죽어도아니 눈물흘니우리다

차례

제2부 삶과 생활을 노래하다

제3부 식민지 조선의 현실을 노래하다

제4부 다른 시인의 시와 겹쳐 읽기

제1부

설움과 그리움을
노래하다

김억이 사랑한 금잔디
— 「금잔디」

금잔디

잔디,

잔디,

금잔디.

심심산천(深深山川)에 붙는 불은

가신 임 무덤가에 금잔디

봄이 왔네, 봄빛이 왔네.

버드나무 끝에도 실가지에.

봄빛이 왔네, 봄날이 왔네,

심심산천에도 금잔디에.

어렸을 때는 사람들이 이 시를 좋다고 하는 이유를 잘 몰랐다. 시에 담긴 내용이 별 게 없다고 생각해서 그랬으리라. 나중에야 시라는 게 뭔지를 조금씩 알게 되면서 비로소 이 시의 가치를 깨달을 수 있었다. 내용보다는 가락을 음미하며 읽을 때 이 시의 참맛이 느껴진다. 3음보의 율격을 기조로 하되, 규칙에 얽매이지 않고 적절히 변형을 가해 가며 시를 풀어낸 솜씨가 돋보인다. 소리 내어 시를 읽다 보면 경쾌한 가락과 미묘한 슬픔을 대비시켜 놓은 소월의 비범함에 절로 무릎을 치게 된다. 특히 첫 시작을 낱말 하나만으로 짧게 끊어 3행으로 배치하고 마지막에는 서술어를 생략하여 불완전한 문장으로 매듭을 지었는데, 지금은 별거 아닌 기법이지만 당시만 해도 이런 식의 기교를 부릴 수 있는 시인이 없었다. 이 시는 『개벽』 1922년 1월호에 발표했고, 소월이 1902년생이니, 나이 갓 스물에 이런 시를 썼다는 게 놀랍기만 하다.

다른 이들도 이 시를 애송하지만 누구보다 김억이 무척이나 좋아했던 모양이다. 김억은 잘 알려진 대로 소월이 오산학교에 다닐 때의 스승으로, 소월을 발굴하고 키워준 은인이다. 소월이 처음으로 『창조』에 시를 발표하도록 주선한 것도 김억이고, 시집 『진달래꽃』을 발행한 '매문사'도 김억이 운영하던 출판사였다. 처음에는 시집 제목을 '금잔디'로 하려고 했다는 걸 아는 사람들이 있을까? 김억이 1925년 1월 1일 『동아일보』에 「시단 일 년」이라는 제목으로 발표한 글에 다음과 같은 내용이 나온다.

더욱 우리에게는 기성시단이라는 것이 없다. 하여 오려는 미래에는 남들의 기성시단보다도 더 의미 있고 새로운 것이 될 것은 의심 없는 것이다. 한데 대체 우리 시단에 시인이 몇 사람이나 될까?

주요한(아름다운 새벽), 김소월(금잔듸, 未刊), 변영로(조선의 마음), 홍사용, 김석송(지상의 갈등, 未刊), 박월탄(흑방비곡), 박회월, 조명희(봄잔듸밭에 앉아서)

나의 기억에는 이만큼밖에 아니 되는 듯하다.

이 내용을 보면 김소월을 거론하며 괄호 안에 시집 제목을 '금잔듸'라고 적은 다음 '미간(未刊)'이라고 해 놓았다. 앞서 말한 것처럼 김소월의 시집을 김억이 운영하는 출판사에서 내게 되는데, 이때 이미 시집 제목까지 잡아 놓고 발간 준비를 하고 있었음을 알 수 있다. 물론 우리가 알고 있는 것처럼 시집은 나중에 '진달래꽃'이라는 제목을 달고 나온다. 아마도 김억은 '금잔디'로 하고 싶었으나 소월이 '진달래꽃'으로 해야 한다고 고집했을 것이다. 소월은 의외로 이지적이고 냉철하며 자기 주장이 강한 사람이었다고 김억은 회고한다. 실제로 소월은 김억이 자신의 시를 평한 내용이 마음에 안 들자 「시혼(詩魂)」이라는 제목의 시론을 발표하면서 김억의 평가를 정면으로 반박하는 내용을 담기도 했다.

하지만 김억 역시 만만치 않은 사람이다. '금잔디'를 시집 제목으로 내세우지 못한 게 못내 아쉬웠던 걸까? 1947년에 김억은 '금잔디'라는 제목을 단 시집을 따로 내게 된다. 자신의 창작시집은 아니고, 이옥봉, 매창 등 조선시대 여류 문인들의 한시를 번역해서 모아 놓은 시집이다.

한편 김억은 『진달래꽃』이 나오기 전 해인 1924년에 민요풍의 시들을 모아 『금모래』라는 제목의 창작시집을 내기도 했는데, 소월의 시 「엄마야 누나야」에 나오는 '금모래'에서 따온 것이라는 추정을 하는 이들도 있다. 자신의 시집 『금모래』와 소월의 시집 『금잔디』가 서로 쌍을 이루게 하려고 했던 게 아닐까 싶기도 하다. 하지만 아쉽게도 김억의 꿈은 자신이 아끼던 제자 소월 때문에 무산되고 말았으니, 세상사가 참 묘하기도 하다.

참고로 김억의 연보를 정리한 대부분의 기록에 『금모래』

가 1925년에 발행되었다고 해 놓았는데, 1924년 10월 12일
『동아일보』'신간소개' 란에 김억의 민요시집『금모래』발간
사실과 함께 시집의 권두언 일부 및 발행소(한성도서주식회사),
가격(35전)까지 상세하게 소개하고 있다.

진달래꽃을 만나러 가는 길
―「진달래꽃」

진달래꽃

나 보기가 역겨워

가실 때에는

말없이 고이 보내 드리오리다.

영변(寧邊)에 약산(藥山)

진달래꽃,

아름 따다 가실 길에 뿌리오리다.

가시는 걸음 걸음

놓인 그 꽃을

사뿐히 즈려밟고 가시옵소서.

나 보기가 역겨워

가실 때에는

죽어도 아니 눈물 흘리오리다.

약산동대의 진달래

'김소월' 하면 즉각 '진달래꽃'이 떠오를 정도로 유명한 작품이다. 그래서 이 작품에 대한 해석과 평가는 많은 이들에 의해 논의되었다. 그에 반해 시에 나오는 "영변에 약산"에 대한 언급은 별로 찾아볼 수 없다. 왜 하필이면 영변에 있는 약산일까? 소월이 자란 고향의 남산봉에도 해마다 진달래는 피고 지고 했을 텐데.

약산은 평안북도 영변에서 서쪽으로 약 2킬로미터 떨어진 구룡강 왼쪽 기슭에 자리 잡고 있다. 산에 약초가 많고 약수가 난다고 해서 약산(藥山)이라는 이름을 얻었으며, 흔히 약산동대(藥山東臺)라 부르기도 한다. 동대라는 말은 영변이 옛날 무주(撫州), 위주(渭州), 연주(延州)라는 세 고을로 나뉘어 있을 때 무주에서 보면 동쪽에 있는 산이라는 뜻에서 붙인 이름이라고 한다. 약산보다는 약산동대라는 말이 더 널리 퍼져 있기도 하다.

약산동대는 관서팔경의 하나로 꼽힐 만큼 경치가 아름답고 봄이면 진달래가 온산을 붉게 물들인다. 약산동대와 관련해서 많은 전설과 민요가 전해지는데, 고을 수령의 외동딸이 약산에 갔다가 절벽에서 그만 강으로 떨어져 죽고, 그 죽은 넋이 진달래가 되어 약산을 뒤덮고 있다는 전설이 유명하다. 소월은 약산 진달래에 얽힌 전설을 알고 있었을 것이며, 그런 까닭에 약산 진달래를 시에 끌어들였을 거라는 추측을 해볼 수도 있다. 그리고 할아버지의 광산 일을 돕기 위해 영변을 다녀온 일이 있으므로 그때 약산동대의 진달래를 직접 보고 감명을 받았을 수도 있다.

김소월의 「진달래꽃」 말고도 약산 진달래를 소재로 한 문인들의 글이 여러 편 있다. 김억과 노자영은 기행문을 썼고, 우리나라 최초의 장편서사시 『국경의 밤』을 쓴 김동환은 「약산동대」와 「약산동대가」 두 편의 시를 남겼다. 그중의 한 편을 잠시 살펴보자.

약산동대

김동환

내 맘은 하루에도 열두 번이나
영변에 약산동대 진달래밭에
봄바람 가로 타고 흘러가노라

거기엔 서도각시 바구니 이고
멀리 간 님 생각에 노래 부르며
고운 꽃 골라 따서 한 아름 담데

바구니 가득 차면 잎은 버리고
꽃만 골라서 화전 지지고
나중엔 꽃다발 틀어얹고 오데

이 시는 소월의 「진달래꽃」보다 나중에 쓰였다. "멀리 간 님 생각" 같은 부분을 보면 소월의 영향을 받은 듯도 한데, 시에 담긴 정서가 너무 단순하고 소박해서 큰 울림을 주지는 못한다.

김억은 훗날 약산동대를 다녀온 뒤 기행문을 쓰면서 진달래와 소월의 시에 대한 생각을 담아냈다.

그리고 진달래는 약산동대에만 있는 것이 아니외다. 반도의 산하에는 어디든지 있습니다. 그런 것을 우리는 약산동대 진달래라 하면서 다른 곳 진달래는 다 내어버리고 약산동대의 그것만을 노래하며 귀엽다 하니 이것은 약산이 아름다운지라, 진달래까지 또한 우리의 사랑을 받는 것이외다. (중략)

이별의 원한(怨恨)을 이렇게 담아 놓고서 하다 많은 진달래꽃에서 하필 약산동대의 진달래를 따다가 가시는 님의 길에 뿌려 놓을 것이 무엇입니까. 이것은 다른 것이 아니라, 같은 진달래꽃이건만 약산의 그것이라야 보다 더 힘 있게 보다 더 감동 있게 우리의 맘을 다져주기 때문입니다. 이리하여 약산동대는 진달래와 함께 그 이름이 높아집니다. 이 노래 하나만으로도 약산동대의 진달래꽃은 언제나 우리들의 맘속에서 꿈을 이룰 수가 있는 것이외다.

— 김억, 「약산동대 영변」, 『반도 산하』, 삼천리사, 1944.

언젠가부터 우리는 '영변' 하면 김소월의 「진달래꽃」보다 북한의 핵개발부터 떠올리게 되었다. 슬픈 일이다. 영변의 약산동대가 그토록 풍광이 뛰어나다고 하는데, 분단현실 때문에 가볼 수가 없으니 안타까운 일이기도 하다. 언제나 약산동대에 올라 김소월의 「진달래꽃」을 읊어볼 수 있으려나? 그날을 생각하며 우선은 '약산동대'라는 지명이라도 가슴에 새겨둘 일이다.

예이츠의 영향

「진달래꽃」이 순수한 창작이 아니라 모작(模作)일 가능성이 있다는 주장이 나온 지도 꽤 되었다. 일반 독자들에게는 널리 알려져 있지 않지만 연구자들 사이에서는 이미 오래 전부터 논의되어온 사실이다. 「진달래꽃」의 일부 구절이 외국 시의 영향 아래 쓰였을지도 모른다는 주장은 영문학자이자 수필가인 이양하를 비롯해 많은 학자들에 의해 제기되었다. 근거로 든 작품은 아일랜드의 시인 예이츠(1865~1939)가 지은 「하늘나라의 옷」(원제: He Wishes for the Cloths of Heaven)이라는 시다. 이 시는 김억이 「꿈」이라는 제목으로 번역하여 『태서문예신보』 11호(1918. 12. 14)에 발표했다가 그 후 번역시집 『오뇌의 무도』(1921)에 실었다. 김소월의 「진달래꽃」이 『개벽』에 처음 실린 게 1922년이니, 예이츠의 시가 미친 영향을 배제할 수 없다. 비교를 위해서『오뇌의 무도』에 실린 전문을 소개한다.

> 만일에 내가 광명의
> 황금과 백금으로 짜아내인
> 하늘의 수 놓은 옷,
> 날과 밤의 또는 저녁의
> 푸르름과 어스럿함, 그리하고 어두움의
> 물들인 옷을 가졌을지면,
> 그대의 발아래에 펴 놓으련만,
> 아아 나는 가난하야 소유란 꿈밖에 없노라.
> 그대의 발아래에 내 꿈을 펴노니,
> 내 꿈 위를 밟으시려거든,
> 그대여, 곱게도 가만히 밟으라.

"그대의 발아래에 펴 놓으련만", "그대여, 곱게도 가만히 밟으라" 같은 부분이「진달래꽃」과 거의 흡사한 발상으로 이루어져 있음을 쉽게 알 수 있다. 발아래 펴 놓는 것이 '옷'이 아니라 '꽃'이라는 점만 다를 뿐, 기본 맥락은 동일하다. 이양하는 서울대학교 『대학신문』 304호(1962. 5. 7)에 기고한 「소월의 진달래와 예이츠의 꿈」이라는 글에서 두 작품의 유사성을 밝히며 다음과 같이 결론을 맺고 있다.

예이츠의 시 발표된 것이 1899년이고 보니 소월이 거기서 시상을 얻었을 가능성은 있다. 그러나 꼭 그랬었다고 단정할 수는 없다. 혹 그랬었다 하더라도 그야말로 환골탈태라 할 것으로 이것이 소월의 시인으로서의 역량을 감쇄하는 것이 아님은 두말할 나위 없다.

이양하의 말처럼 김소월이 이 시를 보았다는 직접 증거는 없지만, 자신의 시보다 먼저 발표되었고 스승인 김억이 번역한 작품이라는 점에서 미리 접했을 가능성이 높다. 그렇게 볼 때 두 작품의 영향 관계를 무시할 수 없는 게 사실이다. 하지만 소월은 예이츠의 시에서 영감을 얻었을지언정, 자신만의 언어와 운율로 한국적인 정서를 담아냄으로써 단순한 모방이나 아류를 넘어서 자신만의 시를 만들어냈다. 이러한 점은 이양하를 비롯해 그 후 논의에 참여한 다수의 연구자들이 인정하는 사실이다.

사실 근대시 초기에는 외국 시인의 영향을 받아 창작된 작품들이 꽤 많다. 비단 김소월뿐만 아니라 흔히 최초의 신체시라고 불리는 최남선의 「해에게서 소년에게」가 바이런의 시를 모작한 것이며, 심지어 정지용의 「향수」가 요절한 미국 시인 트럼블 스티크니(1874~1904)의 시 「추억(Mnemosyne)」과 흡사하다는 주장도 나와 있다.

김소월의 작품을 비교문학의 관점에서 연구해 온 이들은 김소월이 아일랜드의 황혼파 시인들인 예이츠와 시몬즈의 영향을 많이 받았다고 한다. 그러한 사실을 구체적인 작품들을 들어 논증하고 있기도 하다. 이러한 주장은 어느 정도 사실일 것이다. 하지만 어디까지가 모방이고 표절인지에 대해서는 한마디로 잘라 말하기 어려운 것 또한 사실이다. 문제는 발상의 유사성이나 몇몇 시어의 일치 같은 것들이 아니라 얼마나 새롭게 변용 내지 재창조했느냐에 방점을 찍을 필요가 있다는 점이다. 하늘 아래 완전히 새로운 것은 없다는, 아주 흔한 이야기를 들먹이지 않더라도, 우리나라의 근대시 양식 자체가 서양에서 건너온 것이라는 사실을 새삼 상기해 둘 필요가 있다.

'역겨워'와 '즈려밟고'

「진달래꽃」에 사용된 시어 중에 '역겨워'가 어딘지 모르게 마음에 걸린다고 하는 사람들이 있다. 나 역시 그러했지만 달리 시간을 내어 고민을 해 보지는 않았다. '역겹다(逆—)'는 말은 사전에 따르면 '역정이 나거나 속에 거슬리게 싫다'는 뜻을 담고 있다. 흔히 구역질이 날 정도로 싫다는 느낌을 표현할 때 쓰는 말이다. 시에 등장하는 임이 정말 그토록이나 화자를 싫어해서 떠나는 것일까? 그런 임을 꽃까지 뿌려가며 배웅하는 게 정상일까? 이런 의문을 가져볼 법하다.

그러던 차에 평론가 심선옥이 웹진 『문장』(2005. 9)에 발표한 「'역(逆)겨워'와 '역(力)겨워'의 거리」라는 글을 뒤늦게 보게 되었다. 이 글에서 심선옥은 '역겨워'를 '역(逆)겨워'가 아니라 '역(力)겨워'로 볼 수도 있지 않을까 하는 가설을 내세우고 있다. 그러면서 김동환의 시 두 편을 예로 들고 있다.

　　박 넝쿨 뻗은 담장 밑 낡은 우물가에
　　하얀 박꽃을 물 항아리에 띄워 연달아 이어 나르는
　　그 맵시 차마 한꺼번에 다 보기 역거워
　　오늘은 먼― 발치에서 나리꽃 같은 뒷맵시만 바라보고

내일날 시원한 눈시울을 여겨보려 합니다.

남겨두고 이튿날 기다려지는 이 안타까운 기쁨이여.

— 김동환, 「내일날」(1940) 전문

백운청천 저 하늘에 하올 말씀 하도 많으이. 구름 따라 가버린 분이길래 구름 좇아 도로 오실 것이나 이 한밤을 혼자 보내기 역거워 이 심장 바람에 피우려는 뜻 그대 아실는가, 알아서 받아 주실는가.

— 김동환, 「춘원초(春怨抄)」(1942) 부분

이 시들에 쓰인 '역거워'는 문맥상 분명히 '역(力)거워'의 뜻을 담고 있다. 풀어 쓰면 '힘겨워' 정도가 될 터이다. 물론 '역겨워'와 '역거워'는 차이가 있다. 하지만 제대로 정리된 맞춤법이 없던 시절임을 감안하면 '역겨워'와 '역거워'가 같이 쓰였을 수도 있다. 문제는 '역겨워'나 '역거워'가 '힘겨워'의 뜻으로 얼마나 쓰이고 있었는지를 문헌을 통해 고증해 내는 일이다. 「오분간」과 「바비도」의 작가 김성한이 『동아일보』에 역사소설 『왕건』을 연재한 적이 있는데, 1981년 12월 28일자에 다음과 같은 구절이 나온다.

짐은 말에 싣는 것이 습성이 되어 자기 잔등에 지는 것을 역거 워한다. 항상 무거운 짐을 지고 산야를 뛰는 보졸들의 상대가 될 수 없는 것이 말을 잃은 기병의 실태다.

이 글에 쓰인 '역거워'도 '역(力)거워'로 해석하는 게 자연스럽다. 김동환은 함경북도 경성 출신이고, 김성한은 함경남도 풍산 출신이다. 둘 다 함경도 출신이라는 점을 염두에 둔다면 함경도에서는 '역거워'가 제법 널리 쓰였을 거라고 짐작해 볼 수 있다. 그렇다 해도 김소월이 평안도 출신임을 생각할 때, 김소월의 '역겨워'가 '역거워'와 동일할 수도 있다는 가설은 아직 충분한 논거를 갖추었다고 보기 힘들다. '역겨워'를 '힘겨워'의 뜻으로 해석하고 「진달래꽃」을 읽어보면 시를 지배하는 감정의 흐름이 한층 자연스러워지는 것이 사실이다. 사랑하지만 어쩔 수 없는 사연 때문에 떠나야만 하는 임을 안타까워하는 것이 소월다운 방식에 들어맞는다. 아직은 가설에 불과하지만, 충분히 탐구해 볼 만한 지점을 내포하고 있다.

「진달래꽃」에 쓰인 시어 중에 '역겨워'보다 더 많이 논의되어 온 것이 '즈려밟고'이다. 국립국어원의 『표준국어대사전』에서는 '즈려밟다'를 '지르밟다'의 잘못이라고 풀어 놓았다. 그리고 '지르밟다' 항목을 보면 '위에서 내리눌러 밟다'라는 풀이가 나온다. 평안도에서 '즈려밟다'가 쓰인 용례를 찾을 수 없어 평안도 방언이라고 단정하지 못하고, 그냥 잘못된 말이라고 해 놓은 셈이다.

이에 대해 국어학자 이기문은 '즈려밟고'를 다음과 같이 풀이했다.

이것은 정주 방언의 '지레' 또는 '지리'에서 온 것으로 볼 수밖에 없지 않는가 한다. '지레밟다' 또는 '지리밟다'는 발밑에 있는 것을 힘을 주어 밟는 동작을 가리킨다.

― 이기문, 「소월시의 언어에 대하여」, 『심상』 1983. 1.

하지만 이런 해석은 앞부분에 나온 '사뿐히'와 자연스레 연결이 되지 않는다는 난점을 지닌다. 김소월이 죽은 뒤 김억이 그의 시들을 모아 펴낸 『소월시초』에 '지레 밟고'라고 고쳐 놓았는데, 김억 역시 정주 출신이라 그 지방에서 쓰이던 말을 잘 알고 있었으리라는 점에서 '즈려밟고'가 널리 쓰이던 말이 아님은 분명해 보인다. 그래서 권영민 교수는 '즈려밟고'를 '지레 밟고'로 풀이하면서, '어떤 일이 일어나기 전 또는 어떤 기회나 때가 무르익기 전에 미리'라는 뜻인 '지레'

에 비추어 '남이 밟고 가기 전에 먼저 밟고'로 풀이하는 게 옳다고 주장한다. 이기문보다는 권영민의 해석이 더 그럴듯하게 와 닿는다.

하지만 이러한 풀이들이 폭넓게 공감을 얻고 있는 것은 아니다. 그냥 문맥에 비추어 '눌러 밟다' 정도로 해석하면 되겠는데, 문제는 '즈려밟다'라는 표현을 사용한 용례가 없다는 데서 발생한다. 그래서 나는 '즈려밟다'를 김소월이 만든 신어(新語) 정도로 받아들이면 어떨까 싶은 생각을 한다. 시인은 말을 창조하기도 하는 사람이고, 시인이 처음 써서 퍼뜨린 말들도 있기 때문이다. 황동규 시인이 '홀로움'이나 '맨가을' 같은 시어를 처음 만들어 쓴 것처럼 말이다. 김소월의 시에 처음 쓰인 '즈려밟고'라는 말이 지금은 일상에서 제법 널리 쓰이고 있음을 생각할 때, 이제는 사전에 어엿한 우리말 단어로 올려도 좋지 않을까 싶다. 실제로 소월의 시에는 소월이 처음 만들어낸 것으로 보이는 어휘들이 여럿 보인다. '잽싸고 빠르게'의 뜻으로 쓴 '잽시빨리'(「실제」)라든지 "내 잠은 포스근히 깊이 들어요"(「님의 노래」)의 '포스근히' 같은 말들이 그렇다.

「진달래꽃」은 민요시인가?

「진달래꽃」이 처음 발표된 것은 『개벽』 25호(1922. 7)였다. 소월이 만 스무 살이 되던 해로, 약관의 나이에 한국시를 대표하는 걸작을 써낸 셈이니, 그 자체로 소월의 위대함을 다시 생각해 보게 된다.

「진달래꽃」을 발표할 때 특이한 것은 제목 아래에 '민요시'라는 말을 붙인 것이다. 우리나라 시사(詩史)에서 '민요시'라는 용어가 등장한 것은 이때가 처음이었다. 그 후 김억이 조선적인 정서를 강조하면서 민요시 창작의 중요성을 설파하고 자신이 직접 민요시 창작에 나선 것은 널리 알려진 사실이다. 소월이 『개벽』에 작품을 발표할 수 있었던 건 김억의 소개 덕분이었을 거라는 게 많은 연구자들의 판단이다. 그렇다면 소월이 『개벽』에 「진달래꽃」 원고를 보낼 때 자신이 직접 '민요시'라는 말을 써서 보냈을까 하는 의문을 제기해 볼 수 있다. 혹시 김억이 덧붙인 건 아닐까? 이제 와서 사실 관계를 파악할 수는 없으나 소월이 자신을 민요시인이라고 부르는 것에 대해 거부감을 갖고 있었음에 비추어 '민요시'라는 장르 표기는 소월의 명명에 의한 게 아닐 수도 있다는 생각을 갖게 한다.

소월이 자신은 어떤 이유인지 몰으거니와, 민요시인과 자기 불으는 것을 그는 실혀하야 시인이면 시인이라 불너 주기를 바래든 것이외다. 그러나 사실은 본시 그는 어데까지든지 민요형에 남보다 유다른 솜씨를 보여주든 것이외다.

— 김억, 「요절한 박행시인 김소월에 대한 추억」, 『조선중앙일보』 1935. 1. 22~26.

소월이 오산 시절부터 김억에게 시를 배우고 스승으로 모시기는 했으나, 모든 면에서 김억을 따르거나 추종한 건 아니다. 소월은 주관이 뚜렷한 사람이었다. 소월이 자신의 시를 평한 김억의 견해를 직접 반박하기도 했고, 자신을 일러 스스로 "덕 없는 나"(「제이, 엠, 에쓰」)라고 했던 것만 봐도 알수 있다.

「진달래꽃」이 우리 고전 가요인 「가시리」와 통하는 바가 있고, 민요의 율격인 3음보를 취하고 있다는 점에서 '민요시'라는 명칭을 붙이는 게 아주 얼토당토않은 일은 아니다. 하지만 '민요시'라는 특정 장르에 가둘 경우 어딘지 고루한 느낌을 주고 소월의 시가 이룩한 근대성을 사상(捨象)시키는 결과를 가져올 수도 있다. 소월이 민요가 지닌 특성이나 전통의 중요함을 무시했던 건 아니다. 후에 「박넝쿨 타령」처럼 민요의 형식과 가락을 직접 도입한 시를 쓴 것만 보아도 알 수 있다. 하지만 소월은 자신의 시를 '민요시'라는 좁은 틀에 가두는 것에 대해서는 반감을 가지고 있었던 게 분명하다. 지금에 와서도 「진달래꽃」을 민요시라고 부르는 이들은 거의 없거니와, 그냥 민요의 율격을 사용한 시라고 하는 정도로 정리하는 게 무난한 일이겠다.

탁월한 언어 감각이 빚어낸 시
— 「가는 길」

가는 길

그립다
말을 할까
하니 그리워

그냥 갈까
그래도
다시 더 한 번……

저 산에도 까마귀, 들에 까마귀,
서산에는 해 진다고

지저귑니다

앞강물, 뒷강물,
흐르는 물은
어서 따라오라고 따라가자고
흘러도 연달아 흐릅디다려.

이 시는 1923년 『개벽』 40호에 발표됐다. 1923년이면 소
월의 시가 가장 무르익었을 시기이다. 소월이 지면에 처음 시
를 발표한 게 1920년이니 짧은 시간 안에 비약적인 발전을
했음을 알 수 있다. 더구나 창가(唱歌)의 틀에서 벗어난 근대
시가 막 태동하던 무렵이라 참조할 만한 선대의 작품도 없었
음을 생각하면 기적과도 같은 일이라고 할 수 있다. 그런 면
에서 소월이야말로 근대시의 기틀을 잡은 시인이라 일컬어
도 무방하다.

「가는 길」은 말을 부리는 소월의 솜씨가 절정에 달해 있었
음을 보여주는 시편 중의 하나다. 1연에서 사용한 말은 '그립
다', '말', '하다' 딱 세 개의 어휘다(조사 제외). 그 세 낱말을 가
지고 절묘한 구절을 만들어냈다. 의미를 잘 뜯어보면 그리운
마음이 먼저 찾아온 게 아니라 '그립다'는 말이 그리운 마음

을 불러일으켰음을 알 수 있다. 말이 의미 전달의 도구로만 사용되는 게 아니라 때로는 감정을 끌어내는 기능도 한다는 걸 소월은 알고 있었다. 그만큼 소월은 언어 감각을 타고난 시인이었다고 할 수 있다. 물론 타고난 데 더해 끊임없는 개작 과정을 통해 그런 능력을 더욱 발전시켰음은 물론이다.

작품 전체 안에서도 사용된 어휘의 수는 많지 않다. 소월의 시는 많은 낱말을 끌어들이거나 화려한 표현을 즐겨 쓰지 않는다. 쉬운 낱말과 단순한 구성을 가지고 그 안에서 묘한 리듬과 변화되는 감정의 흐름을 살려내는 게 소월 시의 장점이다. 특히 앞의 말을 뒤의 말이 이어받되 약간의 변형을 가함으로써 의미의 중첩과 상승, 그리고 리듬감을 살려내는 건 소월 시에서 쉽게 찾아볼 수 있는 특징이다. 몇 가지 사례를 살펴보도록 하자.

오실 날 / 아니 오시는 사람 / 오시는 것 같게도

—「맘 켕기는 날」에서

달 아래 시멋없이 섰던 그 여자 / 서 있던 그 여자의 해쓱한 얼굴

—「기억」에서

봄에 부는 바람, 바람 부는 봄 / 적은 가지 흔들리는 부는 봄
바람

—「바람과 봄」에서

갈래갈래 갈린 길 / 길이라도 / 내게 바이 갈 길은 하나 없소.

—「길」에서

비가 온다 / 오누나 / 오는 비는 / 올지라도 한 닷새 왔으면
좋지.

—「왕십리」에서

시집 와서 삼년 / 오는 봄은 / 거친 벌 난벌에 왔습니다

—「무심」에서

산새도 오리나무 / 위에서 운다 / 산새는 왜 우노 시메산골 /
영 넘어 갈라고 그래서 울지.

—「산」에서

시어의 변형 반복 외에 소월 시의 운율을 살펴볼 필요가
있다. 흔히 소월 시의 기본 운율을 7·5조와 3음보로 설명한

다. 소월의 시에 7·5조로 되어 있는 작품이 많다는 건 누구나 아는 사실이다. 정확하게 일곱 자와 다섯 자의 자수율을 지킨 것도 있지만, 글자 수를 변형시킨 작품도 상당수에 달한다. 앞의 「가는 길」도 3연 1행까지는 정확하게 7·5조의 자수율을 지키고 있지만, 4연에서는 6·5/7·5/6·5로 되어 있다.

더 유심히 살펴봐야 할 것은, 같은 7·5조라도 행 배열과 글자 수가 서로 다르다는 점이다. 이는 시를 읽을 때의 호흡은 물론 시각적 효과까지 염두에 둔 것이다. 다른 시인이 썼다면 1연과 2연을 하나로 묶어서 아래처럼 처리했을 공산이 크다.

그립다 말을 할까 하니 그리워
그냥 갈까 그래도 다시 더 한 번……

소월은 시의 형식에 매우 민감했다. 소월 시를 개괄해 보면 매우 다양한 형태로 시를 썼음을 알 수 있다. 단 2행으로 된 시가 있는가 하면, 불완전한 문장이나 명사형으로 끝맺음을 하는 시, 1행으로만 1연을 구성하는 등 행과 연 구분을 자유롭게 구사한 시, 타령조의 시, 산문시까지 다뤄보지 않은 형식이 없을 정도였다. 소월이 시를 쓸 무렵에 나온 다른 시인들의 시 형식을 보면 매우 정형화된 틀에 갇혀 있는데, 소월은 그런 틀을 과감하게 깰 줄 알았다.

시어 하나에도 민감했음은 두말할 나위가 없는데, 마지막 시어인 '흐릅디다려'만 봐도 알 수 있다. 다른 시인이라면 평범하게 '흐릅니다'로 하거나 조금 더 나아가면 '흐릅디다' 정도로 처리했을 것이다. 하지만 소월은 끝에 '려'를 붙여 독특한 말맛을 살려냈다. 국어학자인 이기문 교수는 이 어휘에 대해 평북 정주 지방의 말에 '~읍데다레'가 있는데, 이를 변형시킨 표기일 것이라고 했다. 그런 분석의 타당성 여부를 떠나 소월이 어휘의 선택과 창조에 얼마나 공을 들였는지 알 수 있다. 한마디로 「가는 길」은 소월의 탁월한 언어 감각이 빚어낸 작품이라고 하겠다.

'그리울 줄도'와 '그려 울 줄도' 차이

—「예전엔 미처 몰랐어요」

예전엔 미처 몰랐어요

봄 가을 없이 밤마다 돋는 달도
「예전엔 미처 몰랐어요.」

이렇게 사뭇차게 그려 울 줄도
「예전엔 미처 몰랐어요.」

달이 암만 밝아도 쳐다볼 줄을
「예전엔 미처 몰랐어요.」

이제금 저 달이 설움인 줄은

「예전엔 미처 몰랐어요.」

소월이 달을 좋아했다는 건 다들 아는 얘기다. 소월의 시에 달을 소재로 삼은 작품이 무척 많은데, 이 시도 달을 매개로 하여 그리움과 서러움을 노래했다. 시의 구조는 "예전엔 미처 몰랐어요"라는 후렴구를 반복 배치하는 단순한 형태를 취하고 있다. 내용 또한 설명이 필요 없을 만큼 이해하기 쉬운 작품이다.

소월이 시를 쓸 때는 아직 한글맞춤법이 확립되지 않았다. 그러다 보니 표기법이 지금과 판이한 것은 물론, 같은 낱말이라도 쓰는 사람마다 표기가 달라서 정확한 해독이 어려운 경우가 많다. 특히 띄어쓰기는 문법과 상관없이 붙여 쓴 구절이 많아 어디서 띄어 읽고 해석을 해야 하는지 헷갈리기 쉽다. 최대한 시인의 의도에 맞게 현대어 표기로 바꾼다 하더라도 오독의 소지가 발생할 것은 자명한 일이다. 실제로 엉뚱하게 바꿔버리는 바람에 원작의 내용을 훼손한 작품들이 많다. 처음 훼손된 계기는 김억에 의해서였다. 소월이 죽은 후 1939년에 『소월시초』라는 시선집을 내면서 자기 마음대로 고쳐놓은 작품이 많고, 이를 후대 사람들이 그대로 이어받다 보니 오류투성이의 시집이 우후죽순으로 나오게 되었다. 이후에도 1925년에 낸 『진달래꽃』에 쓰인 표기를 제멋대로 해석해서 잘못된 표기로 바꿔버린 사람들이 많다.

소월 시에 나타난 어휘들은 소월이 고심해서 선택, 배치한 것들이다. 그래서 되도록 원본의 의미를 훼손하지 않는 선에서 현대어 표기로 바꾸는 작업을 해야 한다. 여러 차례의 원본 확정 작업을 거쳐 지금은 상당히 오류가 수정된 상태이지만 여전히 남아 있는 문제들이 있다.

이 시에서는 우선 2연의 '사뭇차게'를 보자. 대부분의 시집에서 이 문구를 '사무치게'로 바꾸어 표기해 놓고 있다. 우리말에 '사뭇차다'라는 용언이 없고, 그 무렵 다른 작가들의 글에도 그런 용례가 없다 보니, 당연히 인쇄과정에서 '사무치게'의 오식(誤植)이 발생했을 거라는 믿음이 생겼다. 그래서 지금은 대부분 '사무치게'로 바로잡은 게 당연하다고 믿는다. 이에 대해 의문을 제기한 사람은 송희복 교수다.

이 시가 처음에 『개벽』에 발표될 때의 표기는 '사모차게'였고, 나중에 시집에 실으면서 '사뭇차게'로 고쳤다. 그리고 소월의 다른 시 「밤」에도 "맘에는 사뭇차도록 그립어와요"라는 구절이 나온다. 두 편의 작품에서 '사뭇차다'라는 말을 사용했는데, 이걸 과연 오식이라고 봐야 하겠는지가 송희복 교수가 의문을 제기하는 지점이다. 송희복 교수는 이 말이 '사

뭇'과 '차다'를 합친 말일 수 있으며, 그렇게 볼 경우 다음과
같이 두 가지 해석이 가능할 것이라고 했다.

　i) 이렇게 사뭇 가슴이 차(寒)갑도록 그리울 줄도
　ii) 이렇게 사뭇 가슴에 가득차(滿)도록 그리울 줄도

　그러면서 "어느 쪽을 선택한다 하더라도 문학적인 해석일
수 있다"*고 했다. 상당히 일리 있는 문제제기라고 생각한다.
송희복 교수는 자신의 추론이 오독의 여지가 있을 수 있다는
걸 전제하면서, 그럼에도 새롭게 읽어내기 위한 시도가 충분
히 의미 있는 작업일 수 있다고 했다.
　그런데 송희복 교수는 이와 같은 문제제기를 하면서도 '사
뭇차게' 바로 다음에 나오는 '그려 울 줄도'에 대해서는 주의
를 기울이지 않고 있다. 이 구절이 원본에는 띄어쓰기 없이
'그려울줄도'라고 되어 있다. 이걸 지금 대부분의 사람들은
'그리울 줄도'라고 고쳐서 받아들이고 있다. 나는 이 구절을
앞에 제시하면서 '그려 울 줄도'라고 띄어서 표기했고, 그렇
게 해독하는 것도 하나의 방법이라고 생각한다.

* 송희복, 『김소월 연구』, 태학사, 1994, 116쪽.

송희복 교수가 이 부분을 고려하지 않은 것은 아마도 이 작품을 『개벽』에 처음 발표할 때의 표기가 '그립을줄을'이라고 되어 있었기 때문인 듯하다. 받침으로 쓰인 'ㅂ'이 밑으로 연철되면 '우'로 발음나기 때문에 '그립을'과 '그려울'이 같은 낱말이고, 나아가 '그려울'은 '그리울'의 옛날 표기라고 쉽게 생각했을 가능성이 있다. 하지만 '그려울'과 '그리울'을 같다고 볼 경우 커다란 난점이 생긴다. 앞서 「밤」이라는 시에서 '사뭇차도록'이라는 낱말이 나왔다고 했는데, 묘하게도 그 낱말 다음에 '그립어와요'라는 구절이 등장하기 때문이다. '그립을'과 '그리울'이 같다면 이 구절도 당연히 '그립어와요'라고 했어야 일관성 있는 표기가 된다.

나는 그래서 이 구절을 '그려 울 줄도'의 세 어절로 띄어 읽고, '그리면서(그리워하면서) 울 줄도'로 해석하는 게 소월의 의도를 제대로 반영하는 해독이라고 생각한다. '그리울 줄도'와 '그리면서(그리워하면서) 울 줄도'는 의미상에서 큰 차이가 없을 수도 있다. 하지만 단순히 그리워하는 것과 그리면서(그리워하면서) 우는 것은 정서의 울림이라는 측면에서 커다란 차이가 있다. 나의 해독 역시 오독일 수 있다. 그럼에도 소월이 낱말 하나, 구두점 하나에도 무척 신경을 쓴 시인이었다는 생각을 하면 쉽게 넘기기 힘든 문제일 수 있다. 참고로 김동인이 소월을 생각하며 쓴 글의 한 토막을 제시한다.

소월만치 자긔의 글에 대하여 결벽을 가진 사람도 흔치 안흘
것이다. 여(余)가 이전 편집을 마텃든 어떤 잡지에 소월의 투고가
잇섯다. 거기는 "글자며 문법이며 말투는커녕 글句 때는 곳까지
도 원고와 틀님이 업도록 하여 달라"는 부서(附書)가 잇섯다.

— 김동인, 『매일신보』 1932. 9. 27.

원작자가 김억이라고?

─「못 잊어」

못 잊어

못 잊어 생각이 나겠지요,
그런대로 한세상 지내시구려,
사노라면 잊힐 날 있으리다.

못 잊어 생각이 나겠지요,
그런대로 세월만 가라시구려,
못 잊어도 더러는 잊히오리다.

그러나 또 한긋 이렇지요,
「그리워 살뜰히 못 잊는데,

어쩌면 생각이 떠지나요?」

이 시 역시 대중가요로 만들어서 널리 불린 작품이다. "사노라면 잊힐 날 있으리"라고 말하지만, 종내는 잊을 수 없음을 역설하고 있다. 이별을 소재로 삼아 말하는 소월의 시 대부분이 그렇듯 이 시 역시 눌러도 눌러지지 않는 그리움을 바탕에 깔고 있다. 아무리 잊고자 해도 잊지 못하고 가슴에 담아둘 수밖에 없다는 토로를 듣고 있노라면 소월은 선천적인 그리움을 타고난 시인이라는 생각을 하게 된다.

이 시의 원작자가 김억이라는 말이 있었다. 『월간조선』 2015년 12월호에 김억이 유봉영이라는 사람에게 보낸 편지가 공개되었는데, 그 편지 안에 「못 잊어」의 원본이라고 여길 만한 시가 적혀 있었다는 것이다. 김소월의 「못 잊어」는 『개벽』 35호(1923. 5)에 다섯 편으로 이루어진 「사욕절(思欲絶)」의 첫 번째 작품으로 발표를 했고, 당시의 제목은 「못 잊도록 생각나겠지요」였다. 그런 후 1925년에 발간한 시집 『진달래꽃』에 지금과 같은 형태로 개작을 해서 실었다. 그런데 김억이 유봉영에게 보냈다는 편지에 적힌 날짜는 1923년 3월 23일이다. 김소월이 작품을 발표한 시점보다 두 달이 앞서므로, 「못 잊어」는 김억이 원작자이며, 소월이 김억의 작품을 가져다 개작해서 발표했다는 얘기다. 일단 김억의 편지 내용을 살펴보자.

　　그것은 아무것도 모르는 17세의 소위 생이별(生離別)짜리와 놀았습니다. 한데 그것이 곽산 일주(郭山 一周)에 가득히 소문이 났습니다. 하고 저 편에서는 공동생활(共同生活)을 청(請)하여, 참말로 딱하였습니다. 만은 그것도 이제는 지내간 꿈이 되고 말았습니다.
　　온갖 힘을 다하여 다른 곳으로 살림 가도록 하였습니다. 죄(罪)를 지었습니다. 그러나 어찌합니까. 사람의 맘이란 물과도 같고 바람과도 같은 것이매 그것을 어찌합니까. 일전에 이러한 말을──그 말은 쓰지 않습니다──듣고 즉흥(卽興)으로 시(詩) 하나 지어주었습니다.

그러면서 편지 뒤에 열일곱 살 여자에게 써주었다는 시를 적어 놓았는데, 원문대로 옮기면 다음과 같다.

　　못닛도로 사모차게 생각이 나거든,
　　야속하나마 그런데로 살으십시구려,
　　그려면 더러는 니저도 집니다.

못닛도록 살틀하게 그립어오거든

설으나마 세월만 가라고 합시구려,

그러면 더러는 니저도 집니다.

그러나 당신이 이럿케 말하겠지요,

"사모치게 생각나는 못니즐 당신을

그대로 생각을 안는다고 니저바리며,

살틀하게 그립어오는 못니즐 당신을

그런대로 세월을 보낸다고 닛겠읍닛가?"

  소월의 「못 잊어」와 비교해 보면 한눈에도 내용과 구성이
흡사함을 알 수 있다. 그렇다면 정말로 소월이 김억의 작품을
가져다 자신의 작품으로 삼은 것일까? 편지로만 보면 충분히
그렇게 여길 만하다. 하지만 이 부분은 좀 더 면밀한 추론을
필요로 한다. 제자가 스승의 시를 가져다 쓰는 게 쉽게 일어
날 수 있는 일일까? 더구나 잡지에 발표한 작품도 아니고 다
른 사람에게 보내는 편지에 적은 시를 소월이 어떻게 볼 수
있었을까?
  알다시피 김억은 소월에게 시를 가르쳐 준 스승이다. 소월

은 자신이 쓴 시를 줄곧 김억에게 보여준 다음 지적과 조언을 받아 수정하는 식으로 시 창작 수련을 받았다. 때로는 김억이 자기 마음대로 소월의 시를 고치기도 했다. 그리고 김억은 소월의 시에서 가져온 구절을 자신의 작품에 집어넣은 경우도 많았다는 사실을 떠올릴 필요가 있다. 그런 사정들을 감안해서 추론해 본다면, 김억이 편지에서 자기가 지었다고 한 작품도 소월의 습작시를 보아 두었다가 적당히 고쳤거나, 그대로 옮긴 작품일 가능성이 크다. 시의 분위기와 내용을 보면 그런 추론이 훨씬 설득력을 가질 수 있다. 「못 잊어」를 다시 읽어보자. 소월의 시에 나타나는 전형적인 정서가 그대로 담겨 있지 않은가.

소월의 시혼(詩魂)을 만나다

―「님의 노래」

님의 노래

그리운 우리 님의 맑은 노래는
언제나 제 가슴에 젖어 있어요

긴 날을 문 밖에서 서서 들어도
그리운 우리 님의 고운 노래는
해지고 저물도록 귀에 들려요
밤들고 잠들도록 귀에 들려요

고히도 흔들리는 노랫가락에
내 잠은 그만이나 깊이 들어요

고적한 잠자리에 홀로 누워도

내 잠은 포스근히 깊이 들어요

그러나 자다 깨면 님의 노래는

하나도 남김없이 잃어버려요

들으면 듣는 대로 님의 노래는

하나도 남김없이 잊고 말아요

　소월은 시를 쓸 때 7·5조의 운율을 즐겨 사용했다. 7·5조를 사용하되 자수에 일부 변형을 가한 작품들도 있기는 한데, 이 시는 정확하게 7·5조의 자수율을 지키고 있다. 운율을 만드는 방법은 보통 두 가지 방식으로 이루어진다. 하나는 같거나 비슷한 말을 반복하는 것이고, 다른 하나는 글자 수를 일정하게 맞추는 것이다. 소월은 두 가지 방식에 모두 능했는데, 이 시에서도 두 가지 방법을 모두 사용하고 있다. 그래서 시를 읽으면 마치 노래를 듣고 있는 듯한 느낌을 받게 된다.

　7·5조의 운율을 지키기 위해 소월은 의미상 없어도 되는 조사를 붙이기도 한다. 3연 1행의 '고히도'에 덧붙인 '도'와 2행의 '그만이나'의 '이나' 같은 경우가 그렇다. 그렇게 함으로써 운율을 살림은 물론 미묘한 어감의 차이를 통해 시 속의

상황과 화자의 심리를 더욱 두드러지도록 하는 효과를 얻고 있다. 4행의 '포스근히'도 비슷한 경우인데, 이 말은 국어사전에 없는 말이다. 보통 '포근히'라고 쓰는 말을 소월은 음절을 늘려 '포스근히'라고 했다. 그러자 시의 분위기가 한층 환하고 따스해졌다. 이렇듯 낱말 하나가 시의 분위기를 살려낼 수도 있다는 사실을 '포스근히'를 통해 확인할 수 있다. 국어사전에 없는 말이지만, 소월의 이 시를 접한 다음 '포스근히'에 마음이 꽂혀 자신의 글에 활용하는 사람들을 볼 수 있다. 이렇게 시인이 만들어낸 새로운 말이 생명력을 얻어 다른 이들의 글에 들어가 앉아 있는 모습을 발견하는 것도 참 기쁜 일이다.

그런데 이 시에 대해 김억이 "너무도 맑아 밑까지 들여다보이는 강물과도 같은 시다. 그 시혼 자체가 너무 얕다"고 평했다. 동시에 다른 작품인 「자나 깨나 앉으나 서나」에 대해서는 "시혼과 시상과 리듬이 보조를 가즉히 하여 걸어 나아가는 아름다운 시다"라고 했다. 이러한 평가를 소월은 받아들이지 않았다. 그리고 김억의 평에 대해 반박하는 글을 써서 「시혼(詩魂)」이라는 제목으로 『개벽』 59호(1925. 5)에 발표한다. 이 글은 소월이 남긴 유일한 평론이다. 김억 덕분에 소월의 시론을 접할 수 있게 되었으니, 두 사람의 공방을 떠나 소월 시의 독자들로서는 가외의 소득을 얻게 된 셈이다.

나는 첫째로 같은 한 사람의 시혼(詩魂) 자체가 같은 한 사람의 시작(詩作)에서 금시에 얕아졌다 깊어졌다 할 수 없다는 것과, 또는 시작마다 새로이 별다른 시혼이 생기는 것이 아니라는 것을, 좀 더 분명히 하기 위하여, 누구의 것보다도 자신이 잘 알 수 있는 자기의 시작에 대한, 씨의 비평 일절(一節)을 일년 세월이 지난 지금에 비로소, 다시 끌어내어다 쓰는 것이며, 둘째로는 두 개의 졸작이 모두 다, 그에 나타난 음영(陰影)의 점에 있어서도, 역시 각개 특유의 미를 가지고 있다고 하려 함입니다.

이와 같은 소월의 주장에 따르면 한 시인의 시혼은 그 자체로 영혼이기 때문에 절대로 변환될 수 없는 것이며, 따라서 작품에 따라 얕아졌다 깊어졌다 할 수 없다는 것이다. 그러면서 작품마다 '특유의 미'를 지니고 있다는 점을 강조하고 있다.

제자가 스승의 견해와 평가에 반기를 드는 것은 쉬운 일이 아니다. 그럼에도 소월은 과감하게 자신의 입장을 공개 지면에 밝혔다. 자기 주관이 뚜렷한 소월의 성격을 엿볼 수 있는 대목이다. 소월의 반박문을 두고 김억이 어떤 반응을 보였는지는 확인할 수 있는 자료가 없다. 하지만 이 일이 둘 사이를 서먹한 관계로 몰아간 것은 분명한 듯하다. 그 후 두 사람 사이에 한동안 왕래가 없었다는 사실이 여러 자료에 나타나 있다.

소월의 시가 늘 슬픔과 설움의 정조에만 젖어 있었던 게 아님은 지금 소개하고 있는 「님의 노래」를 통해서도 알 수 있다. 「시혼」에서 말하고 있는 소월의 목소리를 조금 더 들어보자.

우리는 적막한 가운데서 더욱 사무쳐 오는 환희를 경험하는 것이며, 고독의 안에서 더욱 보드라운 동정(同情)을 알 수 있는 것이며, 다시 한 번, 슬픔 가운데서야 보다 더 거룩한 선행(善行)을 느낄 수도 있는 것이며, 어두움의 거울에 비치어 와서야 비로소 우리에게 보이며, 살음을 좀 더 멀리한, 죽음에 가까운 산마루에 서서야 비로소 살음의 아름다운 빨래한 옷이 생명의 봄두던에 나부끼는 것을 볼 수도 있습니다. 그렇습니다. 곧 이것입니다. 우리는 우리의 몸이나 맘으로는 일상에 보지도 못하며 느끼지도 못하던 것을, 또는 그들로는 볼 수도 없으며 느낄 수도 없는 밝음을 지워버린 어두움의 골방에서며, 살음에서는 좀 더 돌아앉은 죽음의 새벽빛을 받는 바라지 위에서야, 비로소 보기도 하며 느끼기도 한다는 말입니다.

소월이 풍경이나 상황을 어떤 눈으로 바라보고 인식하고 있었는지를 보여주는 대목이다. 소월은 하나의 정서가 각자 따로 존재하는 것이 아니라 상대되는 정서를 감싸거나 더 두드러지게 하는 역할을 띠고 있다고 보았다. 어둠을 통해 오히려 밝음을 더욱 잘 인식할 수 있다는 것이다. 그런 면에서 보면 소월의 시에 나타나는 슬픔이나 설움은 그 너머에 있는 긍정적이고 밝은 세상으로 나아가기 위한 징검다리 역할을 하고 있는 셈이다. 소월의 시들이 겉으로는 슬퍼 보여도 자세히 살펴보면 쉽게 절망으로 빠지지 않는 이유가 여기에 있다. (이후 고달픈 삶에 맞닥뜨리면서 더러 절망감을 표출하는 시들을 쓰기는 했다.) 소월이 직접 밝힌 시론을 읽은 다음에 소월의 시를 다시 읽으면 미처 몰랐던 부분들을 새롭게 만나는 경험을 할 수 있을 것이다.

산산이 부서진 이름을 그리며
—「초혼」

초혼(招魂)

산산이 부서진 이름이여!
허공중에 헤어진 이름이여!
불러도 주인 없는 이름이여!
부르다가 내가 죽을 이름이여!

심중에 남아 있는 말 한 마디는
끝끝내 마저 하지 못하였구나.
사랑하던 그 사람이여!
사랑하던 그 사람이여!

붉은 해는 서산마루에 걸리었다.
사슴이의 무리도 슬피 운다.
떨어져 나가 앉은 산 위에서
나는 그대의 이름을 부르노라.

설움에 겹도록 부르노라.
설움에 겹도록 부르노라.
부르는 소리는 비껴가지만
하늘과 땅 사이가 너무 넓구나.

선 채로 이 자리에 돌이 되어도
부르다가 내가 죽을 이름이여!
사랑하던 그 사람이여!
사랑하던 그 사람이여!

초혼(招魂)은 사람이 죽었을 때에, 그 혼을 소리쳐 부르는
의식을 뜻한다. 화자는 지금 사랑하는 사람을 잃은 상실감
과 절망감에 목 놓아 호곡하고 있다. 반복법과 호격조사 '—
이여'를 사용하여 비장미를 한껏 높임으로써, 화자의 비통한
심정이 시를 읽는 독자들에게도 그대로 전해진다.

슬픔이 얼마나 컸기에 "부르다가 내가 죽을 이름"이라고 했을까? 화자의 곁을 떠난 이가 대체 누구였기에 이토록 처절한 울부짖음을 토해내게 했을까? 시를 읽는 독자들은 대부분 이런 궁금증을 가질 법하다. 그래서 어떤 이들은 이 작품의 창작 배경에 대해 그럴듯한 이야기를 지어내어 퍼뜨리기도 했다. 대표적인 게 어릴 적부터 알고 지내던 첫사랑이 죽고 나서 슬픔을 이기지 못해 쓴 시라고 하는 설이다. 상대 여자 이름까지 끌어들여 이야기를 꾸며낸 탓에 많은 사람들이 실제 있었던 일이라고 믿고 있으나, 이러한 주장은 여러 증언에 의해 사실무근임이 밝혀졌다.

북한에서는 이 시에 나오는 "사랑하던 그 사람"을 잃어버린 조국으로 해석하면서 일본 제국주의에 저항하는 의식을 담은 애국시로 보기도 한다. 남한의 연구자들 중에도 그런 바탕 위에서 「초혼」을 읽는 사람들이 있다. 심지어 다음과 같이 관동대지진 때 학살당한 동포들의 넋을 기리는 시라고 보는 사람도 있다.

필자는 「초혼」에서 이처럼 시인이 울부짖으며 부르는 이름은 가깝게는 관동대지진 때 학살당한 거의 2만 명의 우리 동포의 넋이라고 본다. 즉 「초혼」에서 목 놓아 부르짖는 '사랑하던 그 사람'은 당시의 '억울한 우리 민족의 사망자들'이라고 보는 것이다. 「초혼」에서 감지되는 심한 비탄은 시인을 통한 우리 온 민족의 절규로 느껴진다. 따라서 「초혼」은 나라 잃은 국민으로서의 통곡일 수 있다.

— 고영자, 『비평, 테마인가 테크닉인가?』, 전남대출판부, 2008, 188쪽.

소월의 시에 나오는 님이나 그대, 당신 같은 대상이 식민지 조국을 은유하는 경우가 많은 것은 사실이다. 그리고 시인의 창작 의도와 별개로 독자가 시를 받아들이면서 자신의 생각과 감정을 투영시켜 이해하는 것이 꼭 나쁘거나 잘못된 일도 아니다. 하지만 미리 하나의 카테고리를 정해 놓고 모든 걸 거기에 끼워 맞춰 해석하는 건 위험한 법이어서 모든 시를 그렇게 몰고 가다 보면 시를 정확하게 이해하지 못하는 경우도 생긴다. 지나친 확대 해석을 경계하고 시 자체에서 표현하고 있는 대로만 이해하고 감상하는 게 훨씬 나을 수 있다.

일찍이 오장환은 「초혼」 속의 "사랑하던 그 사람"이 무너져버린 조국이어도 좋고 사모하던 여인이어도 좋고, 그의 어버이라도 상관없다면서 다음과 같이 말했다.

「초혼」을 통하여 느끼는 것은 지금도 우리는 우리의 가장 중

요한 것 아니 가장 소중한 것을 잃어버렸다는 형언할 수 없는 공
허감을 깨닫는 것이요 또 작자와 함께 이 상실한 것에 대한 애절
한 원망(願望)을 돌이키는 것이다. 그러므로 「초혼」이 의도한 바
는 어느 것이라도 좋다. 적어도 이 땅에 생을 타고난 우리가 여기
에서 느끼는 것은 숨길 수 없는 피압박민족의 운명감이요, 피치
못할 현실에의 당면이다.

— 오장환, 「조선시에 있어서의 상징」, 『오장환 전집 2』, 창작과비평사, 1989, 71쪽.

뒷부분에서 식민 상황과 연결시키고는 있지만, 그건 시인
의 창작의도와 관계없이 시를 읽는 독자들에 의해 시대성이
투영될 수도 있음을 상기시키는 것에 지나지 않는다. 오장환
의 이런 독법이 「초혼」을 읽는 기본 바탕을 이루어야 한다고
본다. 한편 어릴 적부터 소월을 길러준 숙모 계희영은 소월의
삶을 기록한 책에서 이 시가 소월의 친구 상섭의 죽음을 슬
퍼하며 썼을 것이라는 견해를 내놓기도 했다. 상섭은 고향 마
을에서 어릴 적부터 친하게 지내던 사이인데, 소월이 오산중
학교에 다니던 무렵 갑작스레 열병에 걸려 세상을 떠났다는
것이다.

영리했던 소월은 친구의 어머니가 자기를 볼 때면 더욱 아들

생각이 간절해져서 슬퍼하고 서러워할까 봐 눈앞에서는 울지 못하고 뒷산으로 뛰어 올라가 숨어서 혼자 울었다. 얼마나 울었던지 두 눈은 주먹같이 부어 있었고 해가 지고 저물어 어두운 그때 소월은 상섭의 이름을 부르며 불러도 대답 없는 이름이여! 정신 나간 사람처럼 휘청거리며 내 집으로 들어왔다.

— 계희영, 『약산 진달래는 우련 붉어라』, 문학세계사, 1982, 181쪽.

계희영의 주장 역시 하나의 참조로만 삼아도 되지 않을까 싶다. 「초혼」의 모델이 된 인물이 설사 상섭이 맞다 하더라도 그게 시를 이해하고 감상하는 데 꼭 필요한 정보는 아닐 수 있다. 그런 사실을 모르더라도 시인이 절절한 목소리로 내뱉는 애통한 심정을 충분히 따라갈 수 있기 때문이다. 더구나 다음 시와 비교해 가며 「초혼」을 읽으면 창작 배경에 대해 얼마든지 다른 추론을 끌어내는 것도 가능하다.

옛 님을 따라가다가 꿈 깨어 탄식(歎息)함이라

붉은 해 서산(西山) 위에 걸리우고
뿔 못 영근 사슴이의 무리는 슬피 울 때,
둘러보면 떨어져 앉은 산과 거치른 들이

차례 없이 어우러진 외따로운 길을
나는 홀로 아득이며 걸었노라,
불서럽게도 모신 그 여자의 사당(祠堂)에
늘 한 자루 촛불이 타붙음으로.

우둑히 서서 내가 볼 때,
몰아가는 말은 워낭 소리 댕그랑거리며
당주홍칠(唐朱紅漆)에 남견(藍絹)의 휘장을 달고
어른어른 지나던 가마 한 채.
지금이라도 이름 불러 찾을 수 있었으면!
어느 때나 심중(心中)에 남아 있는 한마디 말을
사람은 마저 하지 못하는 것을.

오오 내 집의 헐어진 문루(門樓) 위에
자리 잡고 앉았는 그 여자의
화상(畫像)은 나의 가슴 속에서 물조차 날것마는!
오히려 나는 울고 있노라
생각은 꿈뿐을 지어 주나니.
바람이 나뭇가지를 스치고 가면
나도 바람결에 부쳐버리고 말았으면.

두 시를 비교해 보면 쉽게 유사성을 발견할 수 있다. 이 시는 『영대(靈臺)』 5호(1925. 1)에 발표했으나 이후에 발간한 시집 『진달래꽃』에는 싣지 않았다. 대신 시집에는 「초혼」이 실렸다. 소월은 시집을 묶기 전에 이미 발표했던 시들의 상당수를 여러 번 고쳤다. 「옛 님을 따라가다가 꿈 깨어 탄식(歎息)함이라」가 「초혼」의 저본(底本)임을 부인할 수는 없으나, 두 작품 사이의 거리가 제법 멀어서 거의 새로 쓴 느낌을 준다. 앞선 시에서는 "그 여자의 사당(祠堂)"과 같은 종교적인 심상(心象)이나 "당주홍칠(唐朱紅漆)에 남견(藍絹)의 휘장을 달고 / 어른어른 지나던 가마 한 채"와 같은 전통 풍물을 담은 매개물이 등장하지만 「초혼」에서는 그러한 구체성을 모두 소거하는 대신 형식을 단순화시키는 동시에 강렬한 어휘들을 끌어들였다. 그래서 앞선 작품의 제목에 사용된 '탄식'이 체념의 정서에 머문 느낌을 준다면, 「초혼」은 비극의 중심을 향해 돌진하는 화자의 통곡을 전면화함으로써 슬픔을 초극(超克)하려는 자세를 엿볼 수 있다.

「옛 님을 따라가다가 꿈 깨어 탄식(歎息)함이라」는 소월의 직접 경험을 시화(詩化)했다기보다 옛 설화에서 시상을 가져왔을 가능성이 크다. 실제로 소월의 시에 그런 방식으로 만들어낸 작품이 많다. 따라서 두 작품의 창작 배경이 다르고, 「초혼」을 쓰면서 앞선 작품의 구절을 가져오는 바람에 어쩔 수 없이 기왕의 작품을 버렸을지도 모른다.* 하지만 이런 논의는 크게 중요치 않다. 그보다는 오히려 소월 자신이 어느 날 "산산이 부서진 이름"이 되어버린 현실을 생각하며 슬픔에 젖어드는 것, 그게 시 곁으로 더욱 가까이 다가가는 길임을 잊지 말았으면 한다.

오랜 세월이 흘러 소월의 「초혼」은 고은 시인의 「초혼」으로 재탄생한다. 2016년 가을에 고은은 시집 『초혼』을 발간했는데, 1부에 102편의 시를 싣고 2부에 200자 원고지 130장에 달하는 장시 「초혼」을 실었다. 당연히 소월의 「초혼」으로부터 영감을 받아서 쓴 작품이다.

> 나 소월의 초혼 신 내려 / 이 고려강토 / 이 고려산천 도처마다 떠돌며 / 신방울 울려 / 신북 치며 / 신피리 불며 / 내 비록 맺힌 소리나마 / 이 소리로 소리제사 소리공양 내내 올리며 / 이 땅의 반만년 원혼 혼령 위무하며 / 살아가고저
>
> — 고은, 「초혼」 부분

---

* 두 시를 동일 작품으로 보는 연구자도 있고, 아예 별개의 작품으로 보는 연구자도 있다.

고은의 「초혼」은 저 먼 삼국시대의 난리통에 스러져간 목숨부터 동학농민군, 제주의 4·3 혼령과 광주 5·18의 억울한 넋을 거쳐 세월호 참사로 희생된 생명들까지 불러내어 위무하는 일종의 거대한 해원굿을 펼친다. 소월의 「초혼」이 가진 힘이 이렇듯 크고, 긴 세월의 흐름 속에서도 연면히 이어지고 있다는 건 분명 우리 문학사의 축복이다.

시집온 여인들의 서러운 눈물
— 「무심」과 「첫치마」

무심(無心)

시집 와서 삼년(三年)
오는 봄은
거친 벌 난벌에 왔습니다

거친 벌 난벌에 피는 꽃은
졌다가도 피노라 이릅디다.
소식 없이 기다린
이태 삼년

바로 가던 앞 강이 간 봄부터

굽이 돌아 휘돌아 흐른다고
그러나 말 마소, 앞 여울의
물빛은 예대로 푸르렀소

시집 와서 삼년
어느 때나
터진개 개여울의 여울물은
거친 벌 난벌에 흘렀습니다.

소월은 유독 가련한 여자들의 사연에 귀 기울이고 안타까
워했다. 이 시도 그런 사연을 담은 작품이다.

계희영의 글에 소월의 외삼촌인 경삼의 처에 대한 이야기
가 나온다. 경삼이 일본의 대학으로 유학을 갔는데, 그동안
그의 처는 농사일을 하는 틈틈이 베를 짜서 판 돈으로 유학
경비를 보내주었다. 하지만 경삼은 그런 처를 내치고 유학을
마친 후 신의주로 가서 교사 생활을 하는 동안 젊은 여자와
새로 살림을 차렸다. 계희영은 소월의 「진달래꽃」이 경삼의
처를 생각하며 쓴 시일 거라고 했으나, 그렇게 보기에는 근거
가 미약한 편이다. 오히려 「무심(無心)」이 그런 정황에 더 맞
는 작품이 아닐까 싶다.

이 시는 "거친 벌"에도 찾아오는 봄에 빗대어 남편 없는 시집살이의 외로움과 고난을 그리고 있다. 시에 나오는 난벌은 마을이나 집에서 멀리 떨어져 있는 벌판을 말하며, 터진개는 강 따위에 트이어 있는 개천을 뜻한다. 시는 가련한 여인의 슬픔을 직접 그리는 대신 거친 난벌의 풍경과 그 앞을 흐르는 개여울에 의탁해 풀어가는 방식을 취한다. 그렇게 함으로써 여인의 아픔이 더욱 서러운 빛을 띠며 독자들의 가슴으로 파고들도록 하고 있다.

소월이 살았을 당시에는 제목 그대로 아내에게 무심한 사내들이 많았을 것이다. 소월 주변만 해도 앞서 말한 외숙부 경삼의 처뿐만 아니라 숙모인 계희영도 남편이 밖으로만 나돌아서 소월의 마음을 아프게 했다. 그렇게 서러운 처지에 놓인 여인들의 한은 소월의 손끝에서 한 편의 시로 풀려나오곤 했다. 시 한 편을 더 읽어보자.

첫치마

봄은 가나니 저문 날에,
꽃은 지나니 저문 봄에,
속없이 우나니, 지는 꽃을,

속없이 느끼나니 가는 봄을.

꽃 지고 잎 진 가지를 잡고

미친 듯 우나니, 집난이는

해 다 지고 저문 봄에

허리에도 감은 첫치마를

눈물로 함빡히 쥐어짜며

속없이 우노나 지는 꽃을,

속없이 느끼노나, 가는 봄을.

집난이는 북쪽 지방에서 시집간 여자를 이르던 말이다. 시
속의 집난이는 저문 봄날에 지는 꽃을 보며 운다. 눈물은 결
국 집난이의 첫치마를 적시는데, 첫치마는 아마도 시집올 때
입고 왔던 치마일 터이다. 아직 첫치마를 입고 있을 정도로
젊은 새댁이 왜 그리 서러운 눈물을 쏟아내고 있는 걸까? 남
편이 멀리 떠나서 돌아오지 않는 걸까, 아니면 두고 온 부모
생각이 앞을 가리고 있는 걸까? 시 안에 눈물을 흘리는 이유
는 나와 있지 않지만 독자들은 집난이의 설움에 어렵지 않게
공감할 수 있다. 젊은 새댁, 지는 꽃, 가는 봄의 조합만으로도
이미 설움의 정조가 구축된 거나 다름없기 때문이다.

이 시를 처음 발표할 때(『동아일보』 1921. 4. 7)의 제목은 「속

요(俗謠)」였다. 세상에 떠도는 노래라는 뜻인데, 그만큼 시에 나오는 집난이의 설움이 당시에는 흔한 일이었다고 하겠다. 그래서 구구절절 사연을 늘어놓지 않더라도 한국 사람이라면 누구나 첫치마에 눈물을 찍고 있는 집난이를 가여워하지 않을 수 없다. 소월의 시가 보편성을 얻을 수 있었던 건 바로 그런 정서를 체화해서 시로 만들어냈기 때문이다.*

덧붙여, 「무심」이 처음 발표된 건 여성잡지 『신여성(新女性)』18호(1925. 1)였다. '신여성'은 개화기 이후 신식교육을 받은 여성들을 뜻하던 말이다. 신여성들은 당연히 이전 시대부터 내려온 구습을 거부하고 여성들의 권리와 주체의식을 앞세웠다. 그런 여성들을 독자층으로 하는 잡지에 남편을 두고도 독수공방을 해야 하는 처지의 '구여성'을 그린 시를 실었으니, 그것도 참 아이러니한 일이다.

---

* 북한의 평론가 엄호석은 이 시를 조혼(早婚) 풍습을 비판한 작품으로 읽었다. "이 녀성의 애수 역시 강요당한 시집살이를 서러워하는 눈물인 동시에 그 눈물 저쪽에 있는 다른 정서 즉 조혼에 대한 증오의 감정과 동거하는 그런 애수로도 된다."(엄호석, 『김소월론』, 조선작가동맹출판사, 1958, 126쪽)

오작교 찾아가는 길
—「춘향과 이도령」과 「칠석」

춘향과 이도령

평양에 대동강은
우리나라에
곱기로 으뜸가는 가람이지요

삼천리 가다가다 한가운데는
우뚝한 삼각산이
솟기도 했소

그래 옳소 내 누님, 오오 누이님
우리나라 섬기던 한 옛적에는

춘향과 이도령도 살았다지요

이편에는 함양, 저편에 담양,
꿈에는 가끔가끔 산을 넘어
오작교 찾아 찾아 가기도 했소

그래 옳소 누이님 오오 내 누님
해 돋고 달 돋아 남원 땅에는
성춘향 아가씨가 살았다지요

춘향은 고전소설 속 주인공이지만 근현대의 여러 시인들에 의해 다양한 모습으로 변주되어 왔다. 서정주는 「춘향의말」 연작을 썼고, 전봉건은 장시 「춘향연가」를 썼으며, 강은교는 「춘향이의 꿈 노래」를 썼다. 이 밖에도 수많은 시인들이 춘향을 시의 주인공으로 삼았다. 그중에서도 소월은 춘향을 근대시 속에 거의 처음으로 끌어들인 시인에 속할 것이다. 춘향을 다룬 시들은 대개 춘향과 이도령의 이별 장면이나 춘향의 일편단심, 즉 고난 속에서도 변하지 않는 사랑을 노래했다. 그런데 소월이 쓴 춘향 시는 조금 색다르다.

이 시의 가장 큰 특징은 북쪽, 즉 평양의 대동강부터 시작해서 삼천리 강산의 중심지 서울의 삼각산을 거쳐 저 남쪽의 남원 땅까지 시선을 이동시키며 시를 전개하고 있다는 점이다. 시의 화자는 지금 춘향과 이도령이 만나서 사랑을 나누었던 남원을 찾아가고 있다. 지그시 눈을 감고 남원 가는 길을 더듬노라니 다들 멋지고 자랑스러운 곳이다. 그렇게 시의 배경을 조선 땅 전체로 확장시킴으로써 조선이 얼마나 아름다운 곳인지, 그런 조선을 소월이 얼마나 사랑하고 있었는지를 역설하고 있는 셈이다.

이 시는 언뜻 쉬워 보이지만 그리 단순하게 접근할 수 있는 시가 아니다. 유심히 볼 것은 4연이다. 함양은 경상도에 있는 지명이고 담양은 전라도에 있는 지명이다. 그러니까 시의 화자가 춘향을 찾아가는 여정이 북쪽에서 남쪽으로 이어지는 동시에 동쪽과 서쪽도 이어주고 있음을 알 수 있다. 그러기 위해서 소월은 춘향 이야기와는 상관없는 오작교를 끌어들이고 있다. 춘향과 이도령이 한때 헤어진 적이 있으므로 오작교 설화를 삽입하는 게 아주 무리는 아니다. 그럼에도 언뜻 이해가 안 되는 지점이 있기는 하다. 춘향과 이도령은 한양과 남원 사이에 떨어져 있었지, 함양과 담양을 사이에 두고 떨어져 있었던 게 아니기 때문이다. 그렇다면 꿈에 오작교를 찾아가는 남녀는 춘향과 이도령이 아니라고 해야 한다. 춘향과 이도령이 만났던 남원은 조선 사람들의 마음속에 사랑의 원형을 구현해준 장소로 존재하는 곳이다. 그래서 조선 땅의 청춘 남녀는 누구나 남원을 마음에 품게 되고, 함양 땅과 담양 땅에 떨어져 살던 남녀도 춘향과 이도령의 만남과 같은 사랑을 이루기 위해 오작교를 건너 남원을 찾아간다는 식으로 이해를 하는 게 바른 독법으로 보인다.(참고로 함양과 담양 중간에 남원이 있다.)

한 가지 더, 시에 나오는 "내 누님, 오오 누이님"은 누구를 지칭하는 걸까? 언뜻 보기에는 시의 화자가 춘향을 마음에 그리면서 친근한 표현인 누님으로 높여 부르는 것 같지만, 그렇게 보기에는 난점이 있다. "그래 옳소"라는 말은 상대방의 이야기에 맞장구를 칠 때 흔히 쓰는 표현이다. 그리고 "살았다지요" 역시 듣는 이가 있을 때 쓰는 표현이다. 물론 듣는 이를 독자로 상정할 수도 있겠지만, 그보다는 시의 화자가 지금 누군가와 춘향에 대한 이야기를 나누고 있는 상황이라고 보는 게 더 자연스럽다. 그렇다면 대화를 주고받는 상대는 누굴까? 소월의 숙모 계희영이 어릴 적부터 소월에게 옛날이야기를 자주 들려주었다. 춘향전의 내용도 그렇게 숙모로부터 먼저 전해 들었을 가능성이 많다. 그런 정황과 추억을 시로 옮기면서 시의 정서와 분위기를 살리기 위해 숙모 대신 누님을 호명했다고 볼 수 있지 않을까? 굳이 그렇게 연결시키지 않고 소월이 시 안에서 즐겨 호명하던, 시인을 감싸주는 존재이자 평화로운 여성적 세계로 이끌어주는 대상으로 누님을 이해해도 상관은 없겠다.

이 시를 즐기는 데 지금까지 설명한 것들이 별 도움이 안 될 수도 있다. 처음에는 "내 누님, 오오 누이님"이라고 했다가 다음에는 순서를 바꿔 "누이님 오오 내 누님"이라고 한 것이라든지, "이편에는 함양, 저편에 담양"에서 이편과 저편을 대비시키고 '양'으로 끝나는 지명을 들어 운을 맞추는 솜씨를 맛보는 것도 시를 즐기는 훌륭한 방법이다. 더불어 전체적으로 7·5조 율격을 사용하면서도 1연과 2연에서 행 가름을 하며 음보 수를 다르게 배치한 것은 소월이 얼마나 시의 형식에 민감하면서도 변형의 멋을 살릴 줄 아는 시인이었는지를 여실하게 보여준다.

춘향 이야기를 하며 시적 효과를 위해 슬쩍 오작교를 끌어들였지만, 오작교 하면 역시 견우와 직녀의 설화다. 이번에는 오작교 설화를 직접 다룬 시를 보자.

칠석(七夕)

저기서 반짝, 별이 총총,

여기서는 반짝, 이슬이 총총,

오며 가면서는 반짝, 반딧불 총총,

강변에는 물이 흘러 그 소리가 돌돌이라.

까막까치 깃 다듬어

바람이 좋으니 솔솔이요,

구름물 속에는 달 떨어져서

그 달이 복판 깨여지니 칠월 칠석날에도 저녁은 반달이라,

까마귀 까왁,『나는 가오.』까치 짹짹『나도 가오.』

『하느님 나라의 은하수에 다리 놓으러 우리 가오.

아니라 작년에도 울었다오, 신틀 오빠가 울었다오.

금년에도 아니나 울니라오, 베틀 누나가 울니라오.』

『신틀 오빠, 우리 왔소.』

『베틀 누나, 우리 왔소.』

까마귀 떼 첫 문안하니 그 문안은 반김이요,

까치 떼가 문안하니 그 다음 문안이 『잘 있소』라.

『신틀 오빠, 우지 마오.』『베틀 누나, 우지 마오.』
『신틀 오빠님 날이 왔소.』『베틀 누나님 날이 왔소.』
은하수에 밤중만 다리 되어
베틀 누나 신틀 오빠 만나니 오늘이 칠석이다.

하늘에는 별이 총총, 하늘에는 별이 총총.
강변에서도 물이 흘러 소리조차 돌돌이라.
은하가 넌넌 잔별밭에
밟고 가는 자곡자곡 밟히는 별에 꽃이 피니
오늘이 사랑의 칠석이라.

집집마다 불을 다니 그 이름이 촛불이요,
해마다 봄철 돌아드니 그 무덤마다 멧부리요.
달 돋고 별 돋고 해가 돋아
하늘과 땅이 불붙으니 붙는 불이 사랑이라.

가며 오나니 반딧불 깜빡, 땅 위에도 이슬이 깜빡,
하늘에는 별이 깜빡, 하늘에는 별이 깜빡,

은하가 넌넌 잔별밭에

돌아서는 자곡자곡 밝히는 별이 숙기지니

오늘이 사랑의 칠석이라.

처음부터 끝까지 밝고 경쾌한 시다. 시작 부분은 "저기서 반짝, 별이 총총,/여기서는 반짝, 이슬이 총총" 하면서 동시 풍으로 가볍게 전개하고 중간에는 대화체 어법을 써서 독자들이 편안한 마음으로 시에 접근할 수 있도록 해준다. 견우와 직녀라는 이름 대신 "신틀 오빠"와 "베틀 누나"라는 말을 써서 친근감을 전해주는 것도 이 시의 매력이다. 「칠석」에서는 소월 시의 전매특허인 애상이나 서러움을 찾아볼 수 없다. 사랑하는 남녀가 떨어져 지내다 다시 만나게 되니 얼마나 기쁘겠는가. 그런 기쁨을 둘만의 기쁨이 아니라 이 땅에 사는 모든 이들의 기쁨이자 천지 만물의 축복으로 확장시켜 놓고 있다. 이러한 확장을 가능하게 해주는 것은 역시 신틀 오빠와 베틀 누나의 사랑이 전제되어 있기 때문이다.

소월 시의 주조는 상실감을 바탕에 두고 있으며, 사랑하는 님은 늘 내 곁에 없다. 사랑하는 님과의 행복한 만남은 꿈속에서나 가능할 뿐 현실의 소월에게는 요원한 일이었다. 어쩌면 그래서 소월은 춘향전과 견우직녀의 설화 속 세계로 달려

갔는지도 모른다. 거기서 발견한 사랑의 완성태가 소월의 마음을 잡아끌었을 것이다. 접동새 설화의 서러운 세계와는 대척점에 있는, 사랑의 환희를 소월이라고 꿈꾸지 말라는 법은 없었으리라.

「칠석」은 김억이 발행하던 문예지 『가면(假面)』 6호(1926. 7)에 실렸던 시다. 이 잡지에 소월이 많은 수의 작품을 발표했다고 하는데, 발행인인 김억도 잡지를 제대로 간수하지 못했다고 하며, 지금까지 소장자도 나타나지 않아 제목만 알려진 소월의 시가 여러 편이다. 소월 사후인 1939년에 김억이 『진달래꽃』에 실린 시에 유고시와 『가면』에 실렸던 일부 작품을 더해 시선집 『소월시초』를 간행했는데, 「칠석」은 그때도 실리지 않았다. 그러다가 북한에서 펴낸 『김소월시선집』 (1965)에 이 시가 실린 것을 계기로 알려지게 되었다. 소월의 후기시 중 꽤 뛰어난 편에 속하는 이 작품이 뒤늦게라도 빛을 보게 되어 무척이나 다행스럽다.

길 잃은 소월의 고뇌

—「길」

길

어제도 하룻밤
나그네 집에
가마귀 가왁가왁 울며 새었소.

오늘은
또 몇 십 리
어디로 갈까.

산으로 올라갈까
들로 갈까

오라는 곳이 없어 나는 못 가오.

말 마소 내 집도
정주 곽산
차 가고 배 가는 곳이라오.

여보소 공중에
저 기러기
공중엔 길 있어서 잘 가는가?

여보소 공중에
저 기러기
열십자 복판에 내가 섰소.

갈래갈래 갈린 길
길이라도
내게 바이 갈 길은 하나 없소.

시에서 화자는 갈 길을 잃고 헤매는 처지로 나온다. 집이
없어서가 아니다. 4연에서 분명하게 정주 곽산에 내 집이 있

다고 말하고 있지 않은가. 그럼에도 화자는 "오라는 곳이 없어 나는 못 가오"라고 말한다. 고향이 자신을 배척했거나, 아니면 스스로 고향을 밀어내고자 했음을 짐작할 수 있다. 왜 그렇게 됐을까?

이 시는 1925년 12월에 발행한 『문명(文明)』 1호에 발표한 작품이다. 소월이 1926년에 정주 곽산 고향마을에서 처가가 있는 구성 쪽으로 이사를 갔으니 그 직전쯤 되는 시기다. 그 무렵에 소월이 지니고 있던 절망과 비애감의 크기를 이 시에서 엿볼 수 있다.

소월은 1923년에 배재학교를 졸업하고 일본 유학을 떠났다. 그러다가 그해 가을에 일어난 관동대진재로 일시 귀국한 후 다시 돌아가지 못했다. 장손인 소월의 안위를 걱정하는 할아버지를 비롯한 집안 어른들의 반대가 심했기 때문이다. 낙심 끝에 잠시 서울에 가서 문단 친구들과 어울리기도 했지만, 소월의 적성에 맞지 않았던지 얼마 안 돼 고향으로 돌아오고 말았다. 고향에서 소월이 할 수 있는 일은 별로 없었다. 간혹 할아버지의 사업 심부름을 위해 영변 같은 지역을 오가기는 했지만, 그런 일이 소월의 업이 될 수는 없었다. 이 무렵 소월과 할아버지 사이에 갈등이 깊어졌을 것이다. 계희영의 증언에 따르면 소월이 학교에 다니기 시작하고 나이가 찰수록 자신의 뜻을 알아주지 않는 할아버지에 대한 원망이 커졌다고 한다. 그런 불만을 숙모인 자신에게 넋두리하듯 털어놓곤 했다는 것이다.

일본 유학이 중도에 좌절된 후 깊은 상심에 젖은 소월은 고향을 뜰 생각을 하기 시작했다. 할아버지로부터 독립하는 것, 그게 유일한 탈출구라고 생각했을 법하다. 계희영은 소월에 대한 일본 경찰의 감시가 심해지자 할아버지가 일부러 소월 몫의 재산을 챙겨주면서 구성으로 보냈다고 하지만, 이는 믿기 어렵다. 구성이라고 해서 일본 경찰이 없을 리 만무하고, 구성으로 삶의 터전을 옮긴 뒤에 명절에도 고향을 찾지 않았다는 건 집안 어른들과의 갈등이 아니라면 설명하기 어렵다. 계희영의 입장에서는 집안의 치부를 언급하기 힘들었을 수도 있다.

유종호 교수는 소월 시의 주된 모티브로 임과 집과 길의 부재를 언급하며 다음과 같이 말했다.

소월 시에 가장 많이 쓰인 낱말은 임과 집과 길이다. 임 없음과 집 없음과 길 막혔음을 그는 지칠 줄 모르고 노래했다. 임과 집과 길에 대한 낭만적 동경, 그리고 그 그리움의 좌절이 소월 시의 줏대되는 가락이다.

— 유종호, 「우리의 터주시인, 김소월의 시」, 『시란 무엇인가』, 민음사, 1995, 284쪽.

소월 시에서 매우 중요한 지점을 잡아내고는 있으나, 임과 집과 길의 부재를 '낭만적 동경'이라는 말로 한데 뭉뚱그리는 건 지나친 단순화로 빠질 위험이 있다. 임의 부재는 그렇게 볼 수도 있으나 집과 길은 다른 측면으로 접근해야 하지 않을까 싶다. 소월 시에 등장하는 임은 상상을 통해 구축한, 말 그대로 '낭만적 동경'의 대상으로 볼 수도 있으나, 길과 집은 소월이 맞닥뜨린 구체적 삶의 현실을 반영하고 있다고 보아야 한다. 소월의 고뇌가 비롯되는 지점을 실증적으로 따져 볼 필요가 있다는 말이다. 물론 시에서 '실증'을 찾는 것은 시의 이해와 감상 폭을 좁히는 일이 될 수도 있다. 시인의 의도나 창작 배경과는 별개로 작품이 그 자체로 존재하면서 작품을 수용하는 독자에 의해 얼마든지 의미의 확장이 일어날 수 있기 때문이다. 시인의 특수한 경험이 시 속으로 들어오는 순간 보편성을 획득하면서 폭 넓은 공감을 이끌어내곤 하는데, 소월의 「길」 역시 그런 작품 중의 하나이다. 다만 지나치게 의미를 확장시켜서 일제에 의해 집과 고향을 잃어버린 화자의 설움을 그렸다는 식으로 해석하는 건 곤란하다. 그건 시를 시 자체로 받아들이는 걸 넘어 시대상황에 억지로 끼워 맞추

제1부 설움과 그리움을 노래하다

는 일이 될 것이기 때문이다.

시를 텍스트로만 읽어내는 게 아니라 텍스트 안에 드리워진 시인의 그림자를 읽어내는 건 그것대로 중요한 의미를 지닌다. 시인의 삶과 결부시켜 가며 시를 읽을 때 시인의 마음자리로 들어가는 경험을 해볼 수 있으며, 그럴 때 시와 시인을 보는 눈이 더욱 깊어질 수 있다.

고향과도 불화하고 "열십자 복판에" 서서 고뇌하는 소월의 아픔을 누가 헤아려 줄 수 있었을까? 소월로서는 시에 기대는 것밖에는 심사를 달랠 길이 없었으리라. 「길」을 쓸 무렵에는 이미 소월의 고뇌가 극에 달한 시점이었을 것이다. 결국 「길」을 발표한 직후에 소월은 기어이 고향을 버리고 만다.

죽어서야 고향으로 돌아간 소월
― 「고향」

고향

짐승은 모를는지 고향인지라
사람은 못 잊는 것 고향입니다
생시에는 생각도 아니하던 것
잠들면 어느덧 고향입니다

조상님 뼈 가서 묻힌 곳이라
송아지 동무들과 놀던 곳이라
그래서 그런지도 모르지마는
아아 꿈에서는 항상 고향입니다

봄이면 곳곳이 산새 소리
진달래 화초 만발하고
가을이면 골짜구니 물드는 단풍
흐르는 샘물 위에 떠내린다

바라보면 하늘과 바닷물과
차 차 차 마주 붙어 가는 곳에
어기여차 디여차 소리 들리는 듯

떠도는 몸이거든
고향이 탓이 되어
부모님 기억, 동생들 생각
꿈에라도 항상 그곳서 뵈옵니다

고향이 마음속에 있습니까
마음속에 고향도 있습니다
제 넋이 고향에 있습니까
고향에도 제 넋이 있습니다

마음에 있으니까 꿈에 뵈지요

꿈에 보는 고향이 그립습니다

그곳에 넋이 있어 꿈에 가지요

꿈에 가는 고향이 그립습니다

물결에 떠내려간 부평(浮萍) 줄기

자리 잡을 새도 없네

제자리로 돌아갈 날 있으랴마는

괴로운 바다 이 세상의 사람인지라 돌아가리

고향을 잊었노라 하는 사람들

나를 버린 고향이라 하는 사람들

죽어서만은 천애일방(天涯一方) 헤매지 말고

넋이라도 있거들랑 고향으로 네 가거라

소월은 고향을 떠나온 뒤 발길을 끊다시피 한다. 기록에는
평양으로 이주해 간 숙모 계희영의 맏딸 결혼식을 곽산의 큰
집에서 치렀는데, 이때 소월이 찾아왔다고 한다. 1930년의
일이니 고향을 떠난 지 만 4년이 되었을 때다. 그러다가 다시
4년이 흐른 1934년 추석 무렵에 소월이 다시 고향을 찾게 된
다. 그리고 그해 12월에 소월은 죽음을 맞이한다.

해마다 추석이 되어도 십 년간 한 번도 오지 않았던 소월이었는데, 이번에는 곽산을 찾아와서 일일이 뒷산에 다니며 무덤의 떼가 잘 자라는지 돌보았고 허술한 무덤을 잘 다듬어 떼를 입혔다.

이러한 소월을 보고 동네 사람들은 "왜 저러고 다니지?" 했을 뿐이었다.

— 계희영, 『약산 진달래는 우련 붉어라』, 271쪽.

계희영의 증언에 집안 어른들을 찾았다는 말은 없다. 그냥 혼자 조용히 와서 조상들의 무덤을 살피고 갔으며, 동네 사람들에게도 인사를 하지 않았다는 식으로 기록하고 있다. 이날의 고향 방문에 대해 북한의 김영희 기자가 훗날 동네 사람들을 만나 취재한 내용도 있다.[*]

소월은 죽음을 앞두고 고향의 그리운 벗들을 찾아다닌 일이 있다. 그중 하나가 정주군 서호리에 있는 노문희 노인이다. 소월은 그날 노문희 집에서 낮 동안 이야기를 나누다 하룻밤 쉬고 가라는 친구의 만류를 무릅쓰고 저녁 길을 떠났다.

[*] 북한이 주 2회로 발행하는 『문학신문』에 김영희 기자가 「소월의 고향을 찾아서」라는 제목으로 1966년 5월 10일부터 7월 1일까지 12회에 걸쳐 연재했다.

서호리는 소월의 고향인 남산리와 제법 떨어진 곳에 있다. 고향 마을은 조용히 다녀가고 대신 인근 마을의 친구 집에 들러서 정담을 나누었던 모양이다. 그만큼 소월과 고향 사람들 사이에 거리가 벌어져 있었음을 알 수 있다. 그랬던 소월이 고향을 찾은 것은, 몸은 고향을 떠나 있었지만 마음은 여전히 고향을 향하고 있었기 때문이다. 그러한 사실을 여실하게 보여주고 있는 시가 바로 「고향」이다. 이 작품은 1934년 11월 『삼천리』 56호에 발표했으므로 고향을 다녀올 무렵에 쓴 작품으로 보인다. 시가 상당히 긴 편인데, 그만큼 고향에 대한 그리움이 깊어, 하고 싶었던 말이 많았기 때문일 거라고 짐작해 볼 수 있다. 마지막 부분에서 "죽어서만은 천애일방(天涯一方) 헤매지 말고／넋이라도 있거들랑 고향으로 네 가거라"라고 한 건 다른 사람보다 우선 자기 자신에게 하는 말이었을지도 모른다.

그런데 죽기 얼마 전에 이 시를 쓰고 또 고향을 찾게 된 계기는 무엇이었을까? 소월의 자살설을 믿는 사람들은 죽음을 앞두고 신변을 정리하기 위한 것이 아니었을까 추측하기도 한다. 하지만 그해에 유독 시를 많이 발표하고, 어떻게든 생활을 안정시켜 보려고 노력했던 흔적들도 많음을 볼 때 꼭 그렇게 보기는 어려운 점들도 있다.

어쨌거나 소월은 고향을 그리워하는 시를 남긴 채 이른 나이에 세상을 떠났다. 소월의 무덤은 처음에 구성군에 있다가 후에 고향인 남산리에 있는 진달래봉 중턱으로 옮겼다고 한다. 죽어서야 꿈에도 그리던 고향으로 영원히 돌아온 셈이다. 묘소 앞에는 「초혼」을 새긴 시비도 세웠다고 하는데, 북한에서 귀순한 장모 씨에 따르면 1967년에 부르주아 시인으로 몰려 시비가 파헤쳐지는 수모를 당했다고 한다.*

---

* 장 씨는 이어 "내가 북한 중앙방송 재직 시절 김소월의 조카와 한 사무실에서 근무한 적이 있다"며 "이름은 김정품(당시 나이 53세쯤으로 추정)"이라고 밝혔다. 항렬을 따져 볼 때 김소월과 같은 '廷(정)' 자 항렬이어서 착오가 있는 듯하지만 증언은 비교적 구체적이었다. "그 친구 고향이 정주 곽산이었습니다. 그에 따르면 67년 소월이 숙청당했을 때 그의 묘소 앞의 시비는 '초당파'들에 의해 깨진 뒤 뽑혀 나갔다고 들었습니다."(『국민일보』 2012. 7. 5)

고개 넘어 삼수갑산 가는 길
—「산」

산

산새도 오리나무
위에서 운다
산새는 왜 우노, 시메 산골
영 넘어 갈려고 그래서 울지.

눈은 내리네, 와서 덮이네.
오늘도 하룻길
칠팔십 리
돌아서서 육십 리는 가기도 했소.

불귀(不歸), 불귀, 다시 불귀,

삼수갑산에 다시 불귀.

사나이 속이라 잊으련만,

십오 년 정분을 못 잊겠네

산에는 오는 눈, 들에는 녹는 눈.

산새도 오리나무

위에서 운다.

삼수갑산 가는 길은 고개의 길.

소월은 삼수갑산에 가 본 적이 없다. 그럼에도 삼수갑산이라는 지명이, 이 시와 함께 세상을 떠나던 해에 쓴 「삼수갑산」이라는 시에도 등장한다. 왜 삼수갑산일까? 예로부터 삼수갑산이 험하고 외진 곳으로 유명했으므로 직접 가보지 않았더라도 시적 은유로 얼마든지 끌어들일 수 있는 지명이기는 하다. 그럼에도 어떤 식으로든 소월이 삼수갑산과 얽힌 지점이 있을 거라는 생각을 해본다. 그런 심증을 밝혀주는 사연이 계희영의 글에 나온다.

곽산에 살던 '현호'라는 분이 삼수갑산에 가서 살게 되었는데 고향에서 살지 못하고 멀리 삼수갑산에서 사는 외로운 심정을 동정하여 위로한 시가 바로 삼수갑산이다.

— 계희영, 『약산 진달래는 우련 붉어라』, 269쪽.

소월은 평소 이웃 사람들의 고난에 대해 자기 일처럼 아파하던 시인이었다. 동무들의 무덤을 잊지 않고 찾는 내용의 시도 있고, 집난이(시집간 여자)들의 설움을 그린 시들도 있다. 굶주림을 벗어나기 위해 만주로 떠나던 이들을 생각한 시도 여러 편이다. 그래서 나는 계희영의 증언이 단순한 추측은 아닐 거라고 생각한다. 「산」과 「삼수갑산」은 모두 소월 자신의 삶을 직접 다룬 시가 아닐 수 있다는 얘기다. 그렇게 봤을 때 "십오 년 정분"은 아마도 '현호'라는 사람과 곽산에서 함께 살았던 시간일 것이다.

물론 삼수갑산으로 떠나야만 했던 이들의 처지에 소월 자신의 처지를 대입시켰을 수는 있다. 그렇게 읽고 해석하는 독법이 꼭 잘못된 것만도 아니다. 그럼에도 자신의 처지를 비관하는 시로 읽기보다 삶의 곤경에 빠져 다시 돌아올 기약 없는 삼수갑산까지 내몰리게 된 당대인들의 고난과 아픔을 그린 시로 읽어내는 게 더 확장력 있는 시 읽기가 아닐까 싶다.

시에 나오는 오리나무를 두고 자웅동가(雌雄同家)라는 말을 끌어들여 해석한 글을 본 적이 있다.* 자웅동가란 한 꽃봉오리 안에 암술과 수술이 모두 갖추어져 암꽃과 수꽃의 구별이 없는 꽃을 말한다. 시의 화자와 산새는 님과 집의 부재 상태에 있는 데 반해, 자웅동가인 오리나무는 스스로 모든 걸 갖추고 있으므로 오리나무가 화자의 상실감을 더 크게 부각시켜 주는 역할을 한다는 거다. 과연 소월이 오리나무의 그런 생물학적 특성까지 염두에 두고 이 시를 썼을까? 이렇게 없는 의미까지 만들어서 끼워 맞추기 식으로 시를 해석하는 건, 시 자체가 주는 울림에 집중하지 않고 어떻게든 잘게 나누어서 분석을 해보려는 잘못된 욕망에서 비롯된 것이다. 오히려 '가다'와 '오다'의 대비를 위해 '오리'나무를 끌어들였다고 보는 게 그나마 타당한 지점이 있을 것이고, 나아가 '칠팔십 리'와 '육십 리'에 맞춘 율격을 고려해서 '오리'나무를 선택했다고 보는 게 가장 적절한 해석이라고 생각한다. 절묘한 율격을 따라 소리 내어 읽으며 시 속의 눈물겨운 정경을 상상해 보는 것만으로도 이 시의 가치를 충분히 맛볼 수 있다.

* "식물학적으로 이 나무는 雌雄同家여서 님이 부재한 산새나 작자와 반대상황에 놓인다. 이것이 대조적 효과를 보면서 산새나 작자가 넘으려는 의지를 갖게 하는 事象이 된다."(박호영, 「소월시의 위상」, 『김소월 연구』, 새문사, 1982)

꿈과 현실의 간극
―「닭소리」와「닭은 꼬꾸요」

닭소리

그대만 없게 되면
가슴 뒤노는 닭소리 늘 들어라.

밤은 아주 새어올 때
잠은 아주 달아날 때

꿈은 이루기 어려워라.

저리고 아픔이어
살기가 왜 이리 고달프냐.

> 새벽 그림자 산란(散亂)한 들풀 위를
>
> 혼자서 거닐어라.

소월의 시에는 '닭소리'(원본에는 '닭소래')라는 어휘가 여러 번 나온다. 닭이 운다는 표현은 날이 밝았음을 뜻하는 동시에 어둠이 물러가고 새날이 찾아왔다는 상징으로 흔히 쓰인다. 하지만 소월의 시에 나오는 닭소리는 그런 의미를 벗어나는 경우가 많다. 날이 밝기 전에는 잠이 든 상태였을 테고, 자는 동안 꿈도 꾸었을 것이다. 그리고 잠과 꿈에서 깨어난 시간은 구체적인 현실 세계로 곧장 진입한다. 꿈속의 세계와 현실의 세계는 다를 수밖에 없다. 그렇다면 어느 쪽 세계가 더 행복하거나 아름다울까? 소월에게 현실은 언제나 저리고 아프며 고달픈 세계였다. 그러다 보니 소월은 "나는 꿈이 그리워, 꿈이 그리워"(「꿈」)라고 말하곤 했다. 물론 꿈이라고 해서 다 같은 꿈은 아니고 때로는 '몹쓸 꿈'에 시달리는 경우도 있었다. 그럼에도 소월은 현실에서 이루지 못한 소망을 꿈속에서나마 이루고 싶어했다.

> 어스름 타고서 오신 그 여자는
>
> 내 꿈의 품속으로 들어와 안겨라.

—「꿈꾼 그 옛날」에서

숨어 있던 한 사람이, 언제나 나의,
다시 깊은 잠속의 꿈으로 와라

—「꿈으로 오는 한 사람」에서

꿈이라도 꾸면은!
잠들면 만날런가

—「눈 오는 저녁」에서

꿈속에서는 그토록 그리던 님을 만날 수 있기에 늘 꿈꾸기
를 소망하지만 꿈은 어디까지나 꿈일 뿐, 현실을 대신해 주지
는 못한다. 소월이라고 해서 그런 사실을 왜 모르겠는가. 그
럼에도 꿈꾸기를 멈추지 않는 건 현실에서는 달리 사랑을 이
룰 방법이 없으며, 그렇다고 님에 대한 사랑을 포기할 수도
없는 노릇이기 때문이다.

소월의 시에서는 님이 항상 부재의 상태로 등장한다. 앞의
시에서도 '그대'는 지금 화자의 곁을 떠나 있다. 그리고 닭소
리에 깨어난 화자는 "새벽 그림자 산란(散亂)한 들풀 위를 / 혼
자서 거닐"고 있다. 꿈속에서라도 그대와 오래도록 함께하고

싫었으나 닭소리에 꿈과 더불어 잠마저 달아나 버렸다. 어찌할 것인가. 남은 것은 탄식과 넋두리뿐이다. 「비난수하는 맘」이라는 시에서 "오직 날과 날이 닭소리와 함께 달아나버리며"라고 했듯이 소월에게 닭소리는 결코 새날을 알리는 소리가 아니었다.

그래서 이 시에 나오는 '뒤노는'이라는 시어를 유심히 볼 필요가 있다. 발표 당시 원문에 있는 '뒤노는'을 훗날 다른 이들이 새로 시집을 펴내면서 대부분 '뛰노는'이라고 바꿔서 표기했다. 별 생각 없이 현대어 표기로 바꾸고자 하는 의도였겠지만, 그러다 보니 원래의 시를 왜곡하는 결과를 낳고 말았다. '뒤놀다'는 '뛰놀다'의 옛날 표기가 아니라 독립된 낱말로 국어사전에 올라 있다. 『표준국어대사전』에서는 '뒤놀다'의 뜻을 다음과 같이 풀이하고 있다.

뒤놀다: 1. 한곳에 붙어 있지 않고 이리저리 몹시 흔들리다.
2. 정처 없이 여기저기 돌아다니다.

한편, 『표준국어대사전』에서는 '뒤놀다'를 북한어로 다룬 항목을 추가해 놓기도 했다.

뒤놀다: [북한어] 뻣뻣하게 굳어져서 제대로 움직이지 않다.

'뛰놀다'라는 말은 주로 기대감에 차 있거나 환희를 느낄 때 사용한다. 하지만 이 시에서 그리고 있는 정경은 그런 상황과는 거리가 있다. 따라서 '뒤놀다'를 '뛰놀다'로 바꿔서는 안 되며, 원문 그대로 읽고 해석해야 한다. 그럴 경우 국어사전에 있는 풀이 중 어떤 뜻을 받아들여야 할까? 소월의 고향이 평안도임을 생각할 때 북한어라고 해 놓은 '뻣뻣하게 굳어져서 제대로 움직이지 않다'로 풀이하는 게 옳을 듯하다. 즉 "가슴 뒤노는"을 가슴이 답답한 상태를 나타내는 구절로 읽었을 때, 닭소리가 화자에게 가져다준 상실감을 제대로 이해할 수 있다.

닭은 꼬꾸요

닭은 꼬꾸요, 꼬꾸요 울 제,
헛잡으니 두 팔은 밀려났네.
애도 타리만치 기나긴 밤은……
꿈 깨친 뒤엔 감도록 잠 아니 오네.

위에는 청초(靑草) 언덕, 곳은 깁섬,

엊저녁 대인 남포(南浦) 뱃간.

몸을 잡고 뒤재며 누웠으면

솜솜하게도 감도록 그리워 오네.

아무리 보아도

밝은 등불, 어스렷한데.

감으면 눈 속엔 흰 모래밭,

모래에 어린 안개는 물위에 슬 제

대동강 뱃나루에 해 돋아 오네.

이 시의 1연은 「닭소리」에 그려진 정황과 비슷하다. 닭소리가 아름다운 꿈을 깨버린 것이다. 꿈에서 깨어난 화자는 더이상 잠을 이루지 못한 채 꿈속의 풍경을 더듬는다. 꿈속에서 화자는 대동강 가에 있었던 모양이다. 소월의 시에 대동강이 몇 차례 등장하는데, 옛 시인들이 즐겨 다뤘던 것과 같이 이별의 장소로(「장별리」) 그리기도 하고, 우리나라 산천의 아름다움을 대표하는 곳으로(「춘향과 이도령」) 그리기도 한다. 이 시에 나오는 대동강은 후자에 맞닿아 있다. 화자의 꿈속에 왜 하필 대동강이 등장했으며, 깨고 나서 왜 꿈속의 대동강 풍경을 그토록 아쉬워하며 그리워할까?

소월은 시집 『진달래꽃』을 묶으면서 전체 126편*을 16부로 나누었는데, 이 시는 시집의 맨 마지막에 실려 있다. 그리고 마지막 부는 달랑 이 시 한 편만으로 채우고 있다. 소월 나름대로 생각이 있어서 그랬을 텐데, 이유가 뭘까? 소월이 시에서 그리움의 대상으로 삼고 있는 것은 주로 님이지만 그님이 꼭 연인에만 한정되는 것은 아니라고 할 때, 대동강도 마찬가지로 구체적인 장소로서의 대동강으로만 받아들일 필요는 없어 보인다. 아름다운 우리 산천의 한 표상으로 대동강을 끌어왔다고 볼 수도 있다는 얘기다. 그랬을 때 식민지 치하를 살아가는 소월의 상실감이 때로는 님으로, 때로는 대동강을 둘러싼 풍경과 같은 산천으로 투영되어 나타났을 거라는 추론이 가능하다.

소월은 조선의 정신과 이웃과 산천을 포함해 모든 것을 사랑했으며, 그러한 마음이 생전에 발표하지 못한 유고시들에 특히 잘 드러나 있다. 지금은 남의 것이 되어 버린 조선의 산

---

* 흔히 127편으로 알려져 있으나 「여수(旅愁)」라는 제목으로 된 시의 본문이 一과 二로 나뉘어 있는데, 이걸 별개의 작품으로 보아서 생긴 오류다. 二 앞에 제목이 붙어 있지 않은 것으로 보아 하나의 작품으로 처리하는 게 맞다.

천을 기리는 시를 시집의 마지막에 배치함으로써, 소월의 마음이 어디에 가 있는지를 에둘러 표현한 것이라고 나는 믿고 싶다. 비록 "헛잡"아서 "두 팔은 밀려"났지만 "대동강 뱃나루에 해 돋아 오"듯이 언젠가는 조선 산천에도 밝은 날이 찾아오리라는 희망을 간직하고 싶은 소월의 마음자리를 가만히 헤아려 본다.

덧붙여, '뒤노는'과 마찬가지로 '솜솜하게도'라는 낱말 풀이에도 주의를 기울여야 한다. 『표준국어대사전』에는 '솜솜하다'를 '얼굴에 잘고 얕게 얽은 자국이 듬성듬성 있다'는 뜻으로 풀이해 놓았다. 이 뜻으로 시를 해석하면 문맥에 어울리지 않는다. 『원본 김소월 시집』(2007, 깊은샘)을 낸 김용직 교수는 어휘 풀이에서 이 낱말을 '뚜렷하게'라고 했는데, 이 역시 바른 풀이라고 할 수 없다. 국립국어원의 질의응답 코너인 '온라인 가나다'에 올라온 독자의 문의에 대해 『표준국어대사전』의 편찬자인 국립국어원은 다음과 같이 답변했다.

'잊혀지지 않아 눈앞에 아른거리는 것 같다'라는 뜻의 '솜솜하다'가 『표준국어대사전』에는 실려 있지 않지만, 한글학회의 『우리말큰사전』이나 북한의 『조선말대사전』에는 올라 있습니다.

이 답변에 나와 있는 대로 '솜솜하다'는 '잊히지 않아 눈앞에 아른거리는 것 같다'는 뜻으로 풀어야 시의 문맥에 맞는다. 그런데 『표준국어대사전』 편찬자들은 답변은 그렇게 하면서도 정작 뜻풀이에는 왜 반영을 하지 않는 걸까?(『고려대한국어대사전』의 풀이도 『표준국어대사전』과 다를 바 없다.) 지하에 계신 소월이 서운히 여길 듯하다.

제1부 설움과 그리움을 노래하다

제2부

삶과 생활을
노래하다

카이다를 애호한 소월

— 「담배」와 「나는 세상 모르고 살았노라」

담배

나의 긴 한숨을 동무하는

못 잊게 생각나는 나의 담배!

내력을 잊어버린 옛 시절에

났다가 새 없이 몸이 가신

아씨 님 무덤 위의 풀이라고

말하는 사람도 보았어라.

어물어물 눈앞에 스러지는 검은 연기,

다만 타붙고 없어지는 불꽃.

아 나의 괴로운 이 맘이어.

나의 하염없이 쓸쓸한 많은 날은

너와 한가지로 지나가라.

소월이 술꾼이었다는 사실은 많이 알려져 있지만 애연가이기도 했다는 사실은 그리 알려지지 않았다. 소월에게 술과 담배를 가르쳐 준 사람은 그의 스승인 김억이라고 한다. 특히 김억은 담배에 대한 관심이 많아서 담배를 소재로 한 여러 편의 에세이와 시를 발표하기도 했다.

김소월이 일본 유학을 갔다 관동대진재 때문에 중도에서 돌아온 뒤 한동안 서울에 머무르며 스승인 김억, 친구 나도향 등과 어울려 술을 마시곤 했다. 김억의 회고에 의하면 술자리에서 담배를 피우는 김소월을 보고 친구들이 "자네는 왜 꼭 비싼 카이다만 피우는가?" 하고 묻자 김소월이 이렇게 대답했다고 한다.

"담배는 왜 피우오? 담배는 일종 사치요. 사치하는 바에야 사치스러운 사치를 하는 게 옳지 않소? 나는 값비싼 사치는 해도 값싼 사치는 하기 싫소."

김소월이 사치를 즐겨한 사람은 아니었다. 그의 숙모 계희영에 따르면 부잣집 아들이니 좋은 옷을 입고 다니라고 해도 허름한 바지저고리만 입고 다녔다고 한다. 그런 김소월이 담배만큼은 최고급을 고집했다.

조선총독부가 1921년에 전매국을 설치하고 지정된 곳에서만 담배를 팔도록 하는 연초 전매령을 실시하면서 처음 내놓은 담배가 카이다라고 한다. 카이다의 가격은 한 갑에 15전이었는데, 당시에 많은 사람들이 피우던 메이플이나 마코 같은 담배가 5전이었다고 하니 꽤 비싼 담배였다. 소월의 후기시 중 「돈타령」이라는 작품에 "요 닷돈을 누를 줄꼬?……막코를 열 개 사다가, 불을 넣자 요 마음"이라는 구절이 있다. '막코'가 바로 마코라는 담배다. 소월이 젊었을 때는 비싼 카이다를 피우다가 나중에 형편이 어려워지면서 마코를 피웠을지도 모르겠다는 생각이 든다.

그런데 하필 카이다는 '해태(獬駝)'를 일본말로 부르던 이름이다. 일본인들이 광화문 앞에 있는 해태를 못마땅하게 여겨, 조선 사람들이 해태라는 이름으로 된 담배를 피우면서 해태의 기운을 연기처럼 흩날려 버리게 하려는 의도를 담아서 만든 이름이라는 설이 있다. 확증을 댈 수 없는 추론일 뿐이기는 하나 담배 이름치고 특이하기는 했다.

김소월이 그런 소문을 몰랐을 리 없는데도 카이다를 고집한 건 위악이었을까? "값비싼 사치"를 통해 식민지 조선 청

년의 절망을 조금이나마 보상받고자 하는 심리였을까? 이제
와서 직접 물어볼 수도 없는 일이니, 그 속내는 누구도 모를
일이다.

덧붙여 한 가지만 더 이야기하자. 시의 내용을 살펴보면
담배에 관한 전설을 소개하고 있음을 알 수 있다. "났다가 새
없이 몸이 가신 / 아씨 님 무덤 위의 풀이라고 / 말하는 사람도
보았어라"라고 한 대목이다. 옛날에 어떤 가여운 아씨가 일
찍 죽은 다음 무덤 위에 풀이 자랐는데, 그게 담배라는 얘기
다. 그냥 옛사람들이 지어낸 이야기이지만, 이와 비슷한 구절
이 소월의 다른 시에도 등장한다. 1980년대에 '송골매'라는
그룹이 노래로 만들어 불러 유명해진 「나는 세상 모르고 살
았노라」이다.

나는 세상 모르고 살았노라

『가고 오지 못한다』는 말을
철없던 내 귀로 들었노라.
만수산(萬壽山) 올라서서
옛날에 갈라선 그 내 님도
오늘날 뵈올 수 있었으면.

>

나는 세상 모르고 살았노라,
고락(苦樂)에 겨운 입술로는
같은 말도 조금 더 영리하게
말하게도 지금은 되었건만.
오히려 세상 모르고 살았으면!

『돌아서면 모심타』는 말이
그 무슨 뜻인 줄을 알았으랴.
제석산(啼昔山) 붙는 불은 옛날에 갈라선 그 내 님의
무덤엣 풀이라도 태웠으면!

이 시는 갈라선 내 님을 다시 뵈었으면 하는 소망을 노래
한 작품이다. 갈라섰다는 것이 그냥 이별을 한 건지 죽음으로
인한 것인지 모호하긴 하지만 무덤이 나오는 것으로 보아 죽
은 이를 생각하는 시로 보는 게 맞을 듯하다. 앞의 시에서 나
온 유래가 아씨의 무덤 위에 자라난 풀이라고 했을 때, 이 시
에 마지막 행에 나오는 "무덤엣 풀"은 자연스레 담배로 연결
된다. 즉 죽어서 갈라선 내 님의 무덤에 자라난 담뱃잎이라도
꺾어서 피우고 싶다는 마음을 나타낸 것이라고 보아야 한다

는 말이다. 그냥 무덤가에 자란 풀에 불을 질러 태우고 싶다는 식으로 해석을 한다면 오독이 될 텐데, 대부분의 독자들이 그런 식으로 읽고 있다. 무덤 주변에 불을 놓아 태운다는 건 비록 상상일지라도 전래의 관념상 불경스러운 일이 아닐 수 없다.

술꾼이 술을 사랑하는 법
—「님과 벗」

님과 벗

벗은 설움에서 반갑고
님은 사랑에서 좋아라.
딸기꽃 피어서 향기(香氣)로운 때를
고초(苦草)의 붉은 열매 익어가는 밤을
그대여, 부르라, 나는 마시리.

김소월은 술을 무척 사랑했다. 사랑했다기보다 알코올 의존도가 지나치게 높았다고 하는 게 더 맞는 말일 듯하다. 이시의 마지막에 행인 "그대여, 부르라, 나는 마시리"라는 구절을 통해 술자리의 흥겨움을 사랑하던 소월의 모습을 짐작해

볼 수 있다.

이 시는 1922년 8월에『개벽』에 발표했다가 일부 수정을 해서 1925년에 간행한 시집『진달래꽃』에 수록했다. 1922년 이면 소월이 오산학교 폐교 후 고향에서 지내다 서울로 와서 배재학교에 편입한 해이다. 그 무렵 소월은 시인으로 차츰 이름을 알려가기 시작했고, 나도향이나 염상섭 등 동료 문우들과 어울리기도 했다.

이때만 해도 소월은 술자리를 좋아했으나, 단지 즐기는 차원 이상은 아니었다. 소월이 대책 없는 술꾼 생활을 하기 시작한 것은 이 시를 쓰고 나서 몇 년이 지난 뒤부터다. 배재학교를 다니던 시기와 졸업 후 일본 유학을 갔다가 중도에 돌아오던 무렵에는 문우들과 곧잘 어울렸으나, 이후에는 문단과 거의 발을 끊다시피 했다. 특정한 문인 그룹에 끼거나 단체에 가입하는 일도 없었다. 복잡하게 얽히는 걸 싫어하는 데다 외골수에 가까운 고집스러운 성격 같은 것들이 작용했을 것이다. 전하는 이야기에 따르면 동갑내기 나도향과 상당히 가깝게 지냈으나 나도향이 1926년 스물다섯의 나이로 요절하는 바람에 충격을 받았고, 그 이후에는 특별히 다른 문우들과 어울리려 하지 않았다고 한다.

그러니까 이 시는 소월이 고향에서 홀로 침잠해 들어가기

전의 푸릇한 청춘 시절을 담고 있는 작품이다. 시집 『진달래 꽃』은 126편에 달하는 많은 작품을 싣고 있는데, 「님과 벗」 외에 술을 노래한 시는 한 편도 없다. 당시만 해도 술이 소월에게 큰 부분을 차지하지 않고 있었음을 알 수 있다. 소월의 나이 만 스무 살에 쓴 「님과 벗」은 짧은 시행 안에 맛깔스러움과 낭만성을 잘 살려내고 있다. 소월 시에 자주 등장하는, 이별에 따르는 슬픔과 서러움 같은 정조를 찾아볼 수 없다. 이 시에도 '설움'이라는 시어가 나오기는 하지만 눈물보다는 또래들끼리의 동질감이 깃든 사연을 표상하는 의미가 강하다. 그만큼 이 작품은 소월의 전체 작품에서 특이한 정조를 담고 있는 셈이다.

설움을 함께할 벗과 사랑을 나눌 님이 곁에 있다면 마시는 술이 얼마나 향긋할까? "그대여, 부르라, 나는 마시리"라고 외치며 한껏 흥에 취한 김소월의 모습을 상상하는 것은 무척 유쾌한 일이다. 하지만 이후 신이 예비한 결말은 행복이 아닌 불행 쪽이어서, 술을 마시고 잠이 든 김소월이 다음 날 싸늘한 주검으로 발견되는 것으로 끝을 맺는다.

김소월의 비극적 죽음에도 아랑곳없이 오늘도 "그대여, 부르라, 나는 마시리" 호기롭게 술잔을 드는 시인들의 모습이 술집 창문에 어른거린다.

소월이 술꾼이 된 사연

―「술」과「술과 밥」

술

술은 물이외다, 물이 술이외다.
술과 물은 사촌이외다. 한데
물을 마시면 정신을 깨우치지만서도
술을 마시면 몸도 정신도 다 태웁니다.

술은 부채외다, 술은 풀무외다.
풀무는 바람개비외다, 바람개비는
바람과 도깨비의 어우름 자식이외다.
술은 부채요 풀무요 바람개비외다.

술, 마시면 취케 하는 다정한 술,

좋은 일에도 풀무가 되고 언짢은 일에도

매듭진 맘을 풀어 주는 시원스러운 술,

나의 혈관 속에 있을 때에 술은 나외다.

되어 가는 일에 부채질하고

안 되어 가는 일에도 부채질합니다.

그대여, 그러면 우리 한잔 듭세, 우리 이 일에

일이 되어 가도록만 마시니 괜찮을 걸세

술은 물이외다, 돈이 물이외다.

술은 돈이외다, 술도 물도 돈이외다.

물도 쓰면 줄고 없어집니다.

술을 마시면 돈을 마시는 게요, 물을 마시는 거외다.

　이 시는 소월이 죽은 후에 유고작으로 발견되어 1939년
에『여성』에 실렸다. 실릴 당시 시 끝에 창작일을 '昭和十, 四,
十一夕'이라고 밝혀 놓았으나 소월 연구자인 김종욱 씨가 펴
낸『정본 소월 전집』에 따르면 유고(遺稿)에 분명히 '소화(昭
和) 9년'으로 되어 있으며, 『여성』지가 오식(誤植)을 한 것이

라고 한다. 소화 10년은 1935년이고, 소화 9년은 1934년이다. 소월이 1934년에 사망했으므로 김종욱 씨의 견해가 타당하다고 하겠다.

소월이 말년에 알코올 중독에 가까울 정도로 술독에 빠져 지냈지만, 처음부터 그랬던 건 아니다. 김억에 따르면 소월은 술을 좋아했고, 서울에서 문우들과 술을 마시며 어울리기도 했지만 취한 적은 없다고 했다.

이렇게 아주 동경을 하직하고 나올 때 그는 서울서 한두 달 머무른 일이 있었습니다. 이때 도향(稻香), 상섭(想涉)들과 서로 알게 되고 서로 술을 같이 하였는데 소월은 퍽 술을 좋아하였습니다. 하나 술에 취하지는 않았습니다. 도향이 술을 먹고 우는 일이라던가 상섭이 술을 먹고 탈선하는 일이라던가 다 소월은 웃었습니다. 그는 술에 취하지 않은 것이 아니라 술에 취하지 못할 사람이었습니다. 술좌석에서도 소월은 앉음앉음이라던가 말버릇이라던가 술잔을 주고받는 태도라던가 모두 도독하니 옳고('높고'의 오식인 듯 — 저자) 틀을 벗지 아니하고 그리고 쉬히 질탕한 데 빠지지 아니하고 그리고 조금 사치스럽고 조금 까다롭고 하였습니다.

— 김억, 「소월의 생애」, 『여성』 39호, 1939. 6.

이랬던 소월이 나중에는 왜 대책 없는 술꾼으로 변해갔을까? 이에 대해 소월 주변의 사람들이 나름대로 견해를 밝힌 글들이 있는데, 원인을 바라보는 지점이 사뭇 다르다. 먼저 김억의 견해를 살펴보자. 앞에 소개한 같은 글에서 다음과 같은 견해를 밝히고 있다.

남산(南山)으로 돌아와서 얼마를 지나고는 차츰 생활의 단조를 견디기 어려워하였는데 그럴 때마다 그는 고을로 들어가서 술을 마시었습니다. 소월은 장사하는 친구, 농사짓는 친구 중에 의좋은 사이이면 좋아라고 나앉아 편철에 소고기를 굽고 소주를 권커니 잣거니 하였는데 나중에는 술집에서 살다시피 하여 곽산 장거리에서 소월에게 재미롭지 못한 풍설이 돌은 것은 소월의 마음을 아는 사람으로서는 얼마나 슬픈 일이었겠습니까. 이것은 소월이 그만 그 차디 차고 모지고 날카롭고 꾀 밝은 마음에 인생의 허무를 느끼는 일이 더욱 많아간 때문이었는데 이때부터 그 안에는 그의 현실주의적인 성격과 허무에의 오감(悟感)이 서로 부딪치고 싸우기 시작한 것입니다.

김억은 소월에 대해 이야기할 때마다 줄곧 감정보다 이지(理智)가 앞선 사람이라고 평을 했다. 우리가 소월의 시를 읽고 떠올리게 되는 이미지와는 영 반대의 모습을 하고 있는 셈이다. 김억은 오산중 시절부터 소월을 가르쳤고 이후에도 줄곧 교류를 하였기에, 소월에 대한 그의 평가를 얼토당토않다고 말하기는 어렵다. 김억의 견해가 전적으로 옳다고 말하기는 어렵지만 소월이 그러한 일면도 지니고 있었음은 분명한 듯하다.

김억에 따르면 소월이 술에 빠지게 된 것은 일본 유학을 중도에 포기하고 고향으로 돌아와 생활하는 동안 단조로움을 견디기 힘들었다는 것, 그리고 인생에 대해 허무를 느꼈기 때문이라고 한다. 같은 글에서 김억은 소월이 "극도로 세상이라는 것을 모멸하였"다고도 말한다. 세상에 대한 불신과 원망이 술로 이어졌다고 보는 셈이다.

이와는 달리 김동인은 다음과 같은 견해를 밝히고 있다.

자기의 글에 대하여 이만치 자신과 자존심과 결벽을 가지고 있는 사람에게는 조선의 사회며 출판계는 너무도 무책임하게 보이고 불만하게 보였을 것이다. 그러한 불만과 불만은 그로 하여금 붓을 내어 던지게 한 것이다.

예술을 구박하는 조선이여. 지금 그는 말할 수 없는 술주정꾼이 되어 붓을 잡을 생각도 안 하며 붓을 잡는다 하여도 그때의 힘이 그냥 남아 있을지가 문제라는 것이 어떤 그의 친지의 말이다.

술! 술! 불평 많은 사회에서 그 불평을 잊으며 분노를 삭이며 태도를 모호히 하려는 유일의 피난처가 이 술이었는가. 천재가 조선에 생겨난다는 것은 실수일까?

— 김동인, 『매일신보』 1932. 9. 27.

불만과 불평이라는 말에서 김억의 견해와 일맥상통하는 지점도 있지만, 김동인은 소월이 지닌 불평과 불만의 원인을 다른 데서 찾고 있다. 이 글에 따르면 소월이 자신의 시를 제대로 평가하고 알아주지 않는 조선 사회와 출판계에 불만을 가지고 있었다는 것이다. 실제로 다른 이들의 증언에 따르면 소월은 문단 사람들과 잘 어울리지 않았으며, 당시의 문인들과 그들의 작품에 대해 상당히 냉소적인 평가를 내렸다고 한다. 그런 면에서 김동인이 거론한 정황도 소월이 시를 버리고 술에 빠진 원인의 하나였으리라고 추측할 수는 있다.

하지만 김억과 김동인의 견해가 모든 것을 다 설명해 줄 수 있을까? 두 사람의 견해와 사뭇 다른 설명을 하고 있는 사람의 말을 들어보자.

"너희들 구성 가서 버렸구나. 이게 무슨 꼴이냐?"

나는 안타까와 이렇게 꾸짖듯 말했더니 소월은

"숙모님! 고맙습니다. 염려해 주시니, 누가 우리 보고 왜 술을 먹느냐 묻는 사람도 없었는데 그래도 숙모님은 나무라시니 정말 고맙습니다. 나야 이야기할 곳도 없고 참 답답한 매일뿐입니다. 찾아온대야 나―리(순사)뿐이고 그러니 그들에게 술꾼으로 보이려고 온 종일 술상하고 앉아 있답니다."

— 계희영, 『약산 진달래는 우련 붉어라』, 267쪽.

계희영의 증언에 따르면 소월이 일본 유학 중 관동대진재로 잠시 고향으로 나왔다가 할아버지와 어머니의 만류로 다시 일본으로 돌아가지 못하는 바람에 자신의 꿈이 꺾여 무척 좌절했다고 한다. 그런 데다 유학생 출신이라는 이유로 일본 경찰의 요시찰 인물이 되었고, 수시로 호출을 받아서 괴롭힘을 당했다는 것이다. 소월이 고향인 곽산의 남산리를 떠나 처가가 있는 구성으로 이사를 간 것도 일본 경찰의 감시망을 피해 보고자 하는 의도였다는 게 계희영의 판단이다. 이러한 계희영의 증언을 바탕으로 생각해 보면 소월이 술에 의존하기 시작한 것은 앞날이 보이지 않는 자신의 신세에 대한 한탄과 일본 경찰의 간섭과 압박으로 인한 괴로움에서 비롯된 것으로 해석할 수 있다.

어쩌면 앞서 말한 세 사람이 내세운 이유가 모두 합쳐진 결과일지도 모른다. 이유가 어찌 되었건 구성으로 이사하기 직전부터 소월이 좌절과 실의에 빠져 있었음은 분명한 사실이고, 끝내 안타까운 죽음에까지 이른 것은 우리 문학사의 큰 손실이었다.

소월의 시 「술」은 작품 자체로는 크게 살 만한 부분이 없다. 다만 소월이 술과 얼마나 가까이 지냈는가를 여실히 보여준다. "술을 마시면 몸도 정신도 다 태우"는 줄을 알면서도 "좋은 일에도 풀무가 되고 언짢은 일에도 / 매듭진 맘을 풀어주는 시원스러운 술"에 자신을 내맡기고 있다. 그러면서 "일이 되어 가도록만 마시니 괜찮을 걸세"라고 애써 자위하기도 한다. 마지막 연에서 "술은 돈이외다"라고 했는데, 소월은 술과 물과 돈을 동일시하고 있다. 모두 "쓰면 줄고 없어"지는 것이라는 공통점을 지니고 있다. 이 무렵 소월이 돈 때문에 어려움을 겪고 있었음을 엿볼 수 있는 구절이기도 하다.

비슷한 무렵에 술을 노래한 시가 한 편 더 있다. 역시 작품성은 높이 사기 어려우며, 밥보다 비싼 술을 나누길 즐겨 하는 세태를 풍자하고 있다. 밥 나눌 친구 하나 없는 비애를 토로하고 있어 소월의 외로움을 짐작케 하는 작품이다.

술과 밥

못 먹어 아니 죽는 술이로다
안 먹고는 못 사는 밥이로다
별(別)하다 이 세상아 모를 일아
술을 좀 답지 않게 못 여길까

술 한잔 먹자 하면 친구로다
밥 한술 나누자면 남이로다
술 한 합에 돈 닷 돈 쌀은 서 돈
비싼 술을 주니 살틀턴가

술이야 계집이야 좋다마는
밥 발라 올 때에도 그러할까
별하다 이 세상아 모를 일아
밥 나눌 친구 하나 못 생길까

술 나누는 친구보다 밥 나누는 친구가 더 소중하다고 말하
고 있으나, 정작 소월은 술 친구도 밥 친구도 제대로 사귀지
못했다. 그저 아내와 술 대작하는 습관을 남겼을 뿐이다. 소

월의 이른 죽음은 이러한 외로움으로 인한 마음의 병이 깊은
탓이었는지도 모른다.

하늘이 맺어준 아내를 사랑한 소월

— 「부부」와 「꽃촛불 켜는 밤」

부부(夫婦)

오오 아내여, 나의 사랑!
하늘이 무어준 짝이라고
믿고 살음이 마땅치 아니한가.
아직 다시 그러랴, 안 그러랴?
이상하고 별난 사람의 맘,
저 몰라라, 참인지, 거짓인지?
정분(情分)으로 얽은 딴 두 몸이라면.
서로 어그점인들 또 있으랴.
한평생이라도 반백년
못 사는 이 인생에!

연분(緣分)의 긴 실이 그 무엇이랴?

나는 말하려노라, 아무러나,

죽어서도 한 곳에 묻히더라.

소월은 당시 사람들 대부분이 그랬듯 이른 나이에 결혼을 한다. 물론 연애결혼이 아닌 집안 어른, 정확히 말하면 할아버지가 맺어준 여자와 억지 결혼을 하게 된다. 그때 나이가 열네 살이고, 실제 신부를 데려온 건 열다섯 살 때다. 소월의 스승인 김억은 아홉 살 때 장가를 갔다고 하니, 당시로서는 그리 이른 나이도 아니었다.

그때 소월은 남산소학교를 막 마친 무렵이다. 소월은 공부를 더 하고 싶은 욕심이 있었기에 결혼을 하고 싶지 않았으나 할아버지의 명을 거역할 수 없었다. 더구나 소월이 장손이었기에 집안에서는 결혼을 서둘렀고, 소월도 그런 분위기에서 내키지 않는 결혼을 해야 했다.

할아버지가 점찍은 여자는 금광 일로 구성을 드나들며 알게 된 홍씨 집안의 처자로, 소월보다 세 살이 많았다. 그렇게 부부의 인연을 맺게 된 아내의 본래 이름은 홍상일(洪尙一)이었다. 그런데 소월은 이름이 마음에 들지 않았던 모양이다. 남자 이름 같으니 여성스러운 이름으로 바꾸자며 직접 홍단실(洪丹實)이라는 새 이름을 지어주었다고 한다. 일부 자료와 증언에서는 아내의 이름을 홍실단으로 소개하고 있다. 이에 대해 호적에는 홍실단으로 되어 있으나, 실수로 호적에 잘못 올렸다는 설과 홍실단이 정확한 이름이라는 의견이 맞서고 있다.

이름뿐만 아니라 아내가 될 여자의 외모도 소월의 마음에 차지 않았다. 키가 너무 큰 데다 얼굴도 마음에 들지 않았다고 한다. 지금은 키가 커야 미인 소리를 듣지만 당시는 작고 아담한 체형을 예쁜 여성의 조건으로 쳤던 시절이다. 신부가 신랑 집으로 오던 날, 신부를 처음 본 소월의 숙모 계희영은 다음과 같이 기록하고 있다.

색시 구경 나온 사람들이 그렇게 많았지만 누구의 입에서도 색시 예쁘다는 말은 안 나왔다. 색시가 밉다고는 차마 말할 수가 없으니 아무 말도 없이 하나 둘 물러가 버렸다. 그 바람에 나는 정면으로 똑똑히 색시 구경을 할 수 있었는데 첫눈에 색시는 턱이 길어 보였고 키도 굉장히 컸다. 얼굴도 허리도 소월이가 소개해 주었던 그대로 길었고 곱고 귀여운 맛은 한 곳도 찾아볼 수 없었다.

— 계희영, 『약산 진달래는 우련 붉어라』, 162쪽.

잘생긴 아내는 아니지만 소월은 그런 아내를 매우 아꼈다. 집에 있을 때는 항상 같이 붙어 있으려 했고, 자신이 공부를 하러 집을 떠날 때면 아내를 친정으로 보냈다. 남편도 없는 집에서 시집살이 고생을 할 필요가 없다는 뜻에서였다. 그러다 보니 집안 어른들 사이에서 좋은 소리가 나올 수 없었다. 그러거나 말거나 소월은 아내를 감싸고 돌았다. 계희영의 말에 따르면 소월의 주변에 있는 남자 어른들이 한결같이 아내를 돌보지 않고 밖으로만 나도는 모습을 보며 반감을 가졌기 때문이라고 한다.

소월은 부부의 연은 하늘이 맺어준 것이라고 생각했다. 그런 마음이 이 시의 앞부분 "오오 아내여, 나의 사랑! / 하늘이 무어준 짝이라고 / 믿고 살음이 마땅치 아니한가"라는 구절에 그대로 드러나 있다. 그런 인연을 저버리는 것은 있을 수 없는 일이며, 죽어서도 한곳에 묻혀야 한다고 생각했다.

그렇다면 소월의 시에 등장하는 무수한 님은 누굴 말하는 걸까? 소월은 정말 아내 외에 어떤 여자에게도 눈길을 주지 않았을까? 많은 사람들이 궁금하게 여기는 부분이다. 시를 보면 연애를 많이 하고, 그 때문에 이별의 상처도 적지 않게 받았을 것 같은 느낌을 준다. 그래서 때로는 근거가 불명확한 말로 소월의 연애담을 만들어서 퍼뜨리는 경우도 있다. 이에 대해 계희영은 단호하게 소월이 한 번도 다른 여자와 가까이 한 적이 없었다고 한다. 하지만 김억의 증언은 조금 다르다.

소월이 거의 매일 술집으로 드나드는 동안에 그에게는 사랑이 하나 생겼습니다. 술집에 있는 색주가 하나를 그는 좋아하고 만나는 동안에 그는 이 여인을 가끔 만나는 듯하였습니다. 차디찬 소월이 역시 뜨거운 사랑을 할 줄 알았더라고 하면 그는 괴로운 웃음을 웃는 것이었습니다. 그러나 이 사랑이 얼마 더 깊지 못하고 말은 것은 소월이 그 「잊히오리다」를 외이는 사랑을 하였던 것입니다. 얼마 뒤에 이 여인은 간데없이 가버리고 나자 소월도 헛된 사랑을 쓸쓸히 웃고 돌아섰는데 이때 소월은 이미 '정주 곽산 차 가고 배 가는 곳'을 떠날 생각을 하였던 것입니다.

— 김억, 「소월의 생애」, 『여성』 39호, 1939. 6.

김억의 증언을 어디까지 받아들여야 할지 모르겠으나 술집 여자를 가까이하거나 마음에 두는 정도는 충분히 있을 수 있는 일로 보인다. 소월은 「팔베개 노래조(調)」라는 시를 발표하면서 앞부분에 기녀(妓女)와 만난 사연을 자세히 밝혀 두었다. 내용은, 영변에 일이 있어 갔다가 처량한 노랫소리에 이끌려 만나게 된 진주 출신 채란이라는 기녀와 여러 날을 어울렸고, 채란이 부르던 노래를 받아 적은 것이 그 시라는 것이다. 김억이 말한 색주가와 「팔베개 노래조」의 주인공인 채란이 동일인물인지는 모르겠으나, 채란이와는 연애 감정을 가지고 사랑했던 사이는 아니었던 걸로 보인다.

한편 김영삼이 쓴 『소월정전』(성문각, 1961)이라는 책을 통해 퍼져 나간 이야기도 있다. 소월이 오순이라는 동네 처녀와 사랑을 속삭였고, 오순을 생각하며 시를 짓기도 했다는 내용이다. 이에 대해 계희영은 당시에 오숙*은 열한 살, 소월은 네 살이었는데 둘이 어떻게 사랑을 주고받는 관계가 될 수 있겠냐며 분개했다. 북한의 김영희 기자가 쓴 기행문에도 이와 관련된 내용이 다음과 같이 나온다.

오철청 할머니를 찾은 데에는 특별한 이유가 있었다. 소월과 할머니의 동생 오숙(吳淑)과의 관계를 알고 싶어서였다. 왜냐하면 사람들은 소월의 소꿉놀이 동무인 오숙이 시인의 첫 연인이며 후에 오숙의 죽음을 슬퍼하여 소월이 「초혼(招魂)」을 썼다는 이야기가 있기 때문이다.

---

* 김영삼의 책에는 '오순'이라는 이름으로 나오는데, 계희영은 이를 오숙으로 보고 있다. 그 마을에 오순이라는 이름을 가진 여자는 없었고, 대신 오숙이라는 여자가 있었기 때문으로 보인다.

"이 사람아, 우리 오숙이가 나보다 두 살 아래였는데 그때 열 살이나마 했지. 그리고 오숙이는 정식이가 죽기 전에 죽은 게 아니라 전쟁 때 미국 놈 폭격에 죽었네."

잠시나마 일본 유학까지 다녀왔던 소월은 당시의 지식인들과 달랐다. 그 무렵에 소위 인텔리라 불리던 사람들은 고향에 처를 둔 채 신여성들과 염문을 뿌리거나 새로 결혼을 하는 경우가 많았다. 못 배운 본처와는 말이 안 통한다는 게 주된 이유였다. 하지만 소월은 일편단심 아내만을 사랑하고 아꼈다. 비록 외모는 소월의 마음을 채워주지 못했지만, 처음 맺은 "연분(緣分)의 긴 실"을 더욱 중히 여겼던 까닭이다. 소월의 시에 나오는 님에 대해 계희영은 다음과 같이 딱 잘라 말했다.

그의 시에 나오는 '사람', '님'은 때로는 나라를 의미했고 때로는 소월의 색시를 뜻했으며 넓은 의미에서는 온 세계 여성을 상징했다고 할 수 있다.

— 계희영, 같은 책, 160쪽.

한편, 시를 자세히 살펴보면 소월이 아내를 대하는 태도에서 사랑보다는 연분(緣分)을 더 중히 여기고 있는 것처럼 읽힌다. 연애결혼이 아니어서 그렇기도 하겠지만, 연인 사이와 같은 뜨거운 사랑의 감정은 드러나 있지 않다. 하늘이 인연을 맺어주었으니 서로 믿고 살다 나중에 한곳에 묻히면 된다는 식이다. 첫 행에 "나의 사랑!"이라는 구절이 있기는 하지만 전체적인 시의 분위기는 사랑보다는 신뢰에 방점이 찍혀 있다. 부부 사이는 사랑보다 정이라는 말이 있듯이, 그런 전통적인 정서와 관념에 충실한 편이었다고 하겠다.

소월이 남녀 사이의 결혼을 어떻게 바라보고 있었는지 알 수 있는 시가 있다.

꽃촛불 켜는 밤

꽃촛불 켜는 밤, 깊은 골방에 만나라.
아직 젊어 모를 몸, 그래도 그들은
『해 달같이 밝은 맘, 저마다 있노라.』
그러나 사랑은 한두 번만 아니라, 그들은 모르고.

꽃촛불 켜는 밤, 어스레한 창 아래 만나라.
아직 앞길 모를 몸, 그래도 그들은

『솔대같이 굳은 맘, 저저마다 있노라.』
그러나 세상은, 눈물 날 일 많아라, 그들은 모르고.

이제 막 신방에 들어간 젊은 부부는 앞길을 모르기에 서로 "해 달같이 밝은 맘"과 "솔대같이 굳은 맘"을 지니고 있다. 하지만 앞으로 펼쳐질 나날은 "눈물 날 일 많"은 세상이다. 설렘에 들뜬 신혼부부에게 축복을 전하기보다 아직 삶의 진실을 모르는 그들의 순진함을 안쓰러워하는 모습이 읽힌다. 소월이 지닌 지극한 현실주의 혹은 비관주의를 엿볼 수 있는 작품이다. 그런데 이런 인식은 다른 시에서도 비슷하게 발견된다.

나는 이르노니,『우리 사람들
첫날밤은 꿈속으로 보내고
죽음은 조는 동안에 와서,
별 좋은 일도 없이 스러지고 말아라』.

— 「황촉불(黃燭─)」 뒷부분

사람들이 흔히 갖기 쉬운 첫날밤에 대한 환상은 그것대로 인정하면서도, 인생의 종말에 가서는 결국 모든 것이 부질없는 일이 되고 말 거라는 전언이다. 신혼 첫날밤을 노래한 시들치고는 너무 암울하거나 허무하지 않은가! 더구나 20대 초반의 젊은 나이에 이런 시들을 썼으니 소월이 조숙함을 떠나 너무 조로(早老)했던 게 아닐까 싶은 마음마저 들게 한다. 어쩌면 소월이 현실의 비애를 너무 일찍 맛본 탓일지도 모른다.

　이른 나이에 결혼한 소월에게 가정이란 무엇보다 삶을 꾸려가야 하는 단위라는 생각이 강했던 모양이다. 그런 생각의 밑바탕에는 가장의 책임감 같은 것도 무겁게 깔려 있었을 테고, 부부 사이 역시 가정을 꾸려가기 위한 서로의 믿음이 중요하다고 여겼을 것이다. 그러다 보니 이별이나 그리움을 노래한 시들에 비해서는 가슴 저리는 애틋함 같은 정서가 옅은 게 사실이다. 하지만 시가 꼭 애틋함만을 불러일으켜야 하는 것은 아니라고 할 때, 소월 시가 현실과 맺고 있는 관계를 들여다볼 수 있는 작품들이기도 하다.

부모의 품을 그리워하다
— 「부모」와 「어버이」

부모

낙엽이 우수수 떨어질 때,
겨울의 기나긴 밤,
어머님하고 둘이 앉아
옛이야기 들어라.

나는 어쩌면 생겨나와
이 이야기 듣는가?
묻지도 말아라, 내일 날에
내가 부모 되어서 알아보랴?

이 시는 대중가요로 더 친숙한 작품이다. 인간이라면 누구나 자신의 부모에 대해 특별한 마음을 지니기 마련인데, 이 노래를 듣고 있노라면 그러한 마음이 더욱 두드러진다. 더구나 "겨울의 기나긴 밤"이 주는 이미지 때문에 까닭 모를 설움에 젖기도 한다.

그런데 이 시를 읽다 보면 묘한 느낌이 든다. 제목은 '부모'인데 아버지는 등장하지 않고 어머니만 등장하기 때문이다. 왜 그랬을까? 아버지에 얽힌 사연을 알아볼 필요가 있다.

널리 알려진 것처럼 소월의 아버지는 일본인들에게 맞아 평생을 정신을 놓아버린 채로 살았다. 소월의 아버지 김상도는 결혼하고 소월을 낳은 지 얼마 안 됐을 때 처가를 다니러 간다. 말 등에 처가에 보낼 떡이며 여러 먹을거리를 싣고 말몰이꾼을 앞세워 길을 나선 김상도에게 끔찍한 불행이 닥쳐올 줄은 누구도 몰랐다. 그 무렵 정주와 곽산을 잇는 철도 공사가 한창이었다고 한다. 김상도가 공사장 근처를 지나고 있을 때 일본인 인부들이 다가왔다. 말 등에 실린 짐을 탐냈던 모양이다. 그들은 다짜고짜 말에 실린 짐들을 끌어내렸고, 김상도는 그런 무뢰배들을 막아섰다. 하지만 다수의 힘을 당해낼 수는 없는 노릇이었고, 그들에게 항거한 대가로 돌아온 건 무자비한 몽둥이 찜질이었다. 일본인 인부들이 시시덕거리며 짐을 강탈해 간 뒤 말몰이꾼은 쓰러진 김상도를 말에 태우고 본가로 돌아왔다. "어머니!" 집 앞에 도착한 김상도는 간신히 그 한마디를 던진 뒤 다시 정신을 잃었다. 그렇게 죽음의 문턱까지 갔던 김상도는 의원의 치료 덕에 다행히 목숨은 건졌으나 끝내 실성 상태를 벗어나지 못했다.

그런 아버지를 두었으니 소월은 어릴 적부터 아버지의 사랑을 받아볼 기회가 없었다. 더구나 어머니는 병든 남편 간호하랴 종갓집 며느리로서 치러내야 할 집안 대소사를 맡아 하랴, 소월을 돌볼 틈이 없었다. 소월의 한과 설움의 밑바탕에는 이렇듯 불우한 가정환경이 깔려 있었다. 다행히 소월의 작은어머니(계희영)가 시집을 와서 한집에 사는 바람에 어느 정도 상실의 외로움에서 벗어날 수 있었다. 소월은 작은어머니를 새엄마라 부르며 따랐다고 한다. 소월의 어머니는 소월을 사랑하고 가여이 여겼으나, 충분히 돌보아주지 못하는 처지를 한탄하며 미안한 마음을 가졌을 것이다. 시에서 어머니가 들려주던 이야기에는 아마도 그런 사연이 담겨 있었을 것이라고 짐작해 볼 수 있다. 소월 또한 자신의 처지가 기구하기는 하지만 자신이 감내해야 할 운명으로 받아들이는 수밖에 도리가 없었으리라.

소월은 부모와 자식이 맺어지게 된 인연이나 하늘의 섭리에 대한 생각을 누구보다 많이 했을 것이다. 하지만 시에서는 "내일 날에 / 내가 부모 되어서 알아보랴?" 하는 식으로 끝맺고 만다. 답을 구하기 어려운 질문이었을 테니, 달리 방법도 없지 않았을까? 하지만 소월이 나중에 부모가 된 이후에 자신의 자녀들에게 썩 다정하지는 않았던 모양이니, 그것도 아이러니라면 아이러니라고 하겠다. 어쩌면 자신의 굴레가 자식들에게도 이어지는 것이 서러워서 그랬는지도 모를 일이다. 다만 부모라는 짐이 얼마나 무거운지에 대해서는 충분히 알고 있었으리라는 걸 다음 시를 통해서 짐작해 볼 수 있다.

어버이

잘 살며 못 살며 할 일이 아니라
죽지 못해 산다는 말이 있나니,
바이 죽지 못할 것도 아니지마는
금년에 열네 살, 아들 딸이 있어서
순복에 아버님은 못 하노란다.

자식 때문에 죽지도 못하는 어버이의 서러운 심정을 노래한 작품이다. 시집 『진달래꽃』을 묶으면서 소월은 이 시를 앞서 소개한 「부모」 바로 앞에 배치해 놓았다. 그리고 다음에는 남편을 잃은 다음 다시 시집을 간 여자의 설움을 노래한 「후살이」를 실었다. 가혹한 운명들에 대한 소월의 심사가 읽히는 대목이다.

'순복에'를 '순복네'로 바꾸어 표기한 시집들이 있는데, 원본에 '순복에'라고 되어 있다. 소월이 살았던 시대에는 소유격 조사로 '의' 대신 '에'를 쓴 경우가 많았다.

소월의 아이들

―「비오는 날」과「마음의 눈물」

비오는 날

비오는 날, 전에는 베를렌의

내 가슴에 눈물의 비가 온다고

그 노래를 불렀더니만

비오는 날, 오늘

나는 "비가 오네" 하고 말 뿐이다.

비오는 날, 오늘,

포플러 나뭇잎 푸르고

잎에 앉았던 개구리 한 놈 쩜벙하고, 개굴로 뛰어내린다.

비는 싸락비가, 포슬포슬 차츰

한 알 두 알 연달려 비스틈이 뿌린다.

평양에도, 장별리(將別里), 오는 비는 모두 꼭같은 비려니만

비야망정 전일과는 다르도다. 방 아랫목에 자던 어린이,

기지개 펴며, 일어나 운다.

나는 "저 비오는 것 보아!" 하며

"사탕(砂糖)" 한다.

금년 세 살 먹은 아가를 품에 안고 어른다.

소월은 4남 2녀의 자녀를 두었다. 소월의 첫째딸 구생이 태어난 것은 1919년이었으며, 그때 소월의 나이는 열여덟이었다. 그리고 막내는 소월이 죽음을 맞이할 때 아내의 뱃속에 있었다. 지금으로 보면 많은 아이를 둔 셈이지만 당시로서는 흔한 일이었다.

소월의 자녀들은 어떻게 되었을까? 첫째딸 구생과 셋째아들 정호는 한국전쟁 때 남한으로 내려왔으며, 그 후손들이 지금도 남한 땅에 살고 있다. 나머지 자녀들은 북에 남았는데, 그들에 대한 소식은 북한 김영희 기자의 기행문에 다음과 같이 소개되어 있다.

농장의 재간 있는 목수인 이 집의 주인 소월의 장남 준호, 그리고 평북도 경공업총국의 상급지도원으로 있는 은호, 대학을 마

치고 평양의 어느 설계 연구기관의 연구사로 있는 락호 등 소월의 아들들 얼굴이 차례로 보인다. 그리고 아랫방에는 영실, 정옥, 영철 등 시인의 손자, 손녀들이 포근히 잠들어 있다.

다행히 모두 잘살고 있는 것으로 보인다. 다만 기행문 어디에도 소월의 아내를 언급한 내용이 없어, 그 무렵에는 소월의 아내가 이미 사망한 것이 아닐까 하는 추측을 해볼 뿐이다.

소월은 아이들을 어떻게 기르고 가르쳤을까? 1925년에 간행한 시집 『진달래꽃』에는 아이들이 전혀 등장하지 않는다. 소월이 시인으로 이름을 날리고 활발하게 작품 활동을 하던 1922년부터 1925년쯤에는 아이들이 한창 재롱을 피우며 예쁜 짓을 할 때다. 하지만 '부모'라는 제목으로 쓴 시도 있고, '부부'라는 제목으로 쓴 시도 있지만 어쩐 일인지 아이들만큼은 시 속으로 끌어들이지 않고 있다. 소월은 아이들을 사랑하지 않았던 걸까? 소월의 첫째딸 이름이 구생이고 둘째딸 이름은 구원인데, 구성에서 태어나서 그렇게 이름 붙였다고 한다. 정성 들여 지은 이름은 아니다. 계희영의 기록에도 소월의 아이들에 대한 이야기는 거의 나오지 않고, 다만 다음과 같이 몇 줄 간단히 언급되고 있을 뿐이다.

소월은 구성에 가서 셋째아들을 낳았다고 한다. 아들 얘기는 소월의 처가 해주었는데 소월은 애들을 전혀 귀여워하지 않고 구성 가서도 늘 혼자 있는 것을 좋아했다고 불평조로 이야기했다.

— 계희영, 『약산 진달래는 우련 붉어라』, 263쪽.

이 증언에 따르면 소월이 구성으로 옮겨 가서 살 무렵, 자신의 처지에 대한 고뇌가 깊어 아이들에게 정을 줄 여유가 없었던 것으로 보인다. 어쩌면 아이들을 자신의 괴로운 인생에 얹힌 무거운 짐으로 생각했을지도 모르겠다. 그만큼 소월의 몸과 마음이 고달팠음을 미루어 짐작할 수 있다.

발표는 하지 않았지만 나중에 발견된 유고시에 아이들이 등장하기는 한다. 이 유고시들은 소월이 『동아일보』 지국을 운영할 때 사용하던 구독자 대장 용지 위에 써 놓은 것들이다. 아직 충분히 다듬어지지 않은 초고 형태의 시들이다.

앞에 소개한 「비오는 날」이라는 유고시에는 "세 살 먹은 아가"가 등장한다. 자던 아이가 일어나 울자 "품에 안고 어른다"고 되어 있을 뿐, 아가에 대한 좋고 나쁨의 감정 표현은 나오지 않는다. 소월은 천성이 착하고 선량한 사람이긴 했으나 다정다감한 편은 아니었다는 인물평이 많은데, 자신의 아이들을 대하는 데도 그러한 태도가 작용했던 듯하다.

마음의 눈물

내 마음에서 눈물 난다

뒷산에 푸르른 미루나무 잎들이 알지,

나 하고 싶은 노릇 나 하게 하여 주소.

내 마음에서, 마음에서 눈물 나는 줄을.

나 보고 싶은 사람, 나 한 번 보게 하여 주소.

건넌 집 갓난이도 날 보고 싶을 테지,

우리 작은 놈 날 보고 싶어 하지,

나도 보고 싶다, 너희들이 어떻게 자라는 것을.

못 잊혀 그리운 너의 품속이어—,

못 잊히고, 못 잊혀 그립길래 내가 괴로워하는 朝鮮이어.

마음에서 오늘 날 눈물이 난다,

앞뒷산 행길 포플라 잎들이 안다,

마음속에 마음의 비가 오는 줄을,

갓난이야 갓놈아 나 바라보라

아직도 행길 위에 인기척 있나,

무엇 이고 어머니 오시나 보라.

부뚜막 쥐도 이젠 다 달아났다.

「마음의 눈물」에는 '작은 놈', '갓난이', '갓놈'이 등장한다. 갓놈은 평안도 지방에서 맏아들을 가리키던 말이다. 이 시에서는 "나도 보고 싶다, 너희들이 어떻게 자라는 것을"이라는 구절을 통해 자신의 자녀들이 앞으로 살아갈 세상에 대한 근심을 내비치고 있다. 특히 "못 잊혀 그립길래 내가 괴로워하는 朝鮮이어"라는 구절과 겹쳐 읽으면, 그 무렵 소월이 식민지 조선의 현실에 절망함과 동시에, 그런 시대를 헤쳐가야 할 어린 자식들에 대한 연민을 동시에 느끼고 있었음을 알 수 있다.

소월이 남산리에 살 때는 계희영의 아들, 즉 소월의 조카와 동네 아이들을 모아 놓고 공부를 가르치는 일에 열심이었다고 하는데, 구성으로 간 이후에 자기 자식들에게는 어떻게 공부를 시켰는지 아무런 기록과 증언이 없다. 자식들을 보살피고 가르치기에는 보이지 않는 앞날에 대한 절망이 너무 깊었는지도 모른다. 자녀들에게 사랑스러운 눈길이 아닌 가여운 눈길을 보내곤 했을 소월의 심사가 새삼 아프게 다가온다.

소월은 왜 종교를 갖지 않았나?

—「신앙」

신앙(信仰)

눈을 감고 잠잠히 생각하라.
무거운 짐에 우는 목숨에는
받아 가질 안식을 더 하려고
반드시 힘 있는 도움의 손이
그대들을 위하여 기다릴지니.

그러나, 길은 다하고 날이 저무는가.
애처러운 인생이여
종소리는 배바삐* 흔들리고
애꿎은 조가(弔歌)는 비껴 올 때

머리 수그리며 그대 탄식하리.

그러나, 꿇어앉아 고요히
빌라, 힘 있게 경건하게.
그대의 맘 가운데
그대를 지키고 있는 아름다운 신(神)을
높이 우러러 경배하라.

멍에는 괴롭고 짐이 무거워도
두드리던 문은 멀지 않아 열릴지니,
가슴에 품고 있는 명멸의 그 등잔을
부드러운 예지의 기름으로
채우고 또 채우라.

그러하면, 목숨의 봄두던의
살음을 감사하는 높은 가지
잊었던 진리의 봉우리에 잎은 피며
신앙의 불붙는 고운 잔디

* '분주히'의 평안북도 방언.

그대의 헐벗은 영(靈)을 싸 덮으리.

소월은 자신의 종교를 갖지 않았다. 평안도 일대는 진작부터 기독교가 널리 퍼져 있던 곳이었고, 소월이 다닌 오산학교는 기독교 정신에 따라 운영되던 학교였다. 이후에 진학한 배재고보도 마찬가지였다. 그럼에도 소월은 기독교에 귀의하지 않았다. 그렇다고 해서 소월이 기독교를 싫어하거나 배격한 건 아니었다. 훗날 숙모 계희영에게 교회에 다니라고 권유할 정도였으니, 기독교의 교리와 교회가 지닌 좋은 점을 충분히 이해하고 있었던 것으로 보인다. 소월은 계희영이 남산리를 떠나 평양으로 이사를 갈 때 다음과 같이 권했다.

"평양 가시면 할아버지의 무서운 제재도 없으시니 안심하시고 예수를 믿어 마음의 안정을 얻으세요."

— 계희영, 『약산 진달래는 우련 붉어라』, 256쪽.

그런 자신은 정작 교회에 다닐 생각을 하지 않았다. 이 말을 토대로 추리를 해보면 소월이 교회에 다니지 않은 것은 할아버지 때문이 아니었을까 싶다. 소월의 할아버지는 기독교가 조상의 제사를 모시지 않는 양놈의 종교라며 무척 못마땅하게 여겼다. 그래서 남산리 인근의 마을에는 모두 교회가 들어서도 남산리만큼은 동네 어른인 소월 할아버지의 완강한 반대로 교회를 세우기는커녕 신자들도 거의 없었다고 한다. 그런 할아버지도 자신의 부인, 즉 소월의 할머니가 환갑을 지내고 나서 교회에 나가게 해달라고 했을 때는 그러라고 허락을 했다. 그렇다면 나중에라도 소월은 왜 교회에 나가지 않았을까? 계희영의 증언을 더 들어보자. 계희영이 평양으로 이사 간 몇 해 후에 다시 만나서 주고받은 대화를 다음과 같이 전하고 있다.

"삼촌이 술 마신다고 걱정하던 네가 무슨 일이냐? 너도 예수나 믿자."

"숙모님이나 잘 믿으세요. 나는 예수도 못 믿어요. 나는 죽는 길밖에 없어요."

하더니 다시 소리 내어 울기 시작했다.

— 계희영, 같은 책, 267쪽.

"예수도 못 믿"는다는 말은 이미 자신은 타락해서 종교를 받아들일 처지가 못 된다는 뜻으로 읽힌다. 술에 빠져 사는 처지에 어찌 교회를 다닐 수 있겠느냐는 뜻이겠다. 물론 이 말만 가지고 소월이 기독교를 자신의 종교로 받아들이지 않은 걸 모두 설명할 수 있는 건 아니다. 소월의 시에는 '비난수'라는 말과 '성황당'이 여러 번 등장한다. 기질상 서양의 종교보다는 조상들의 전통적인 믿음 방식에 더 마음이 끌렸을 수도 있다.

그런 소월이 기독교 정신에 바탕을 두고 쓴 시가 「신앙」이다. 시에서 소월은 신앙이 지닌 힘을 긍정하고 있는데, 여기서 말하는 신앙은 전체적인 문맥과 시어들로 보아 기독교임이 분명하다. 그러면서 "아름다운 신(神)"에 대한 믿음이 "헐벗은 영(靈)"을 감싸고 위로해 줄 것이라고 말한다. 「안해 몸」이라는 다른 시에서도 소월은 "착한 일 하신 분네는 천당 가옵시리라"라는 표현을 써서 기독교에 대한 호감을 나타낸 바 있다.

소월이 혹시 기독교를 믿게 됐다면 훗날 지나치게 술독에 빠지거나 허망한 죽음에 이르지 않았을지도 모른다. 하지만 소월이 외래 종교를 받아들이기에는 조선적인 것들을 너무 사랑했다. 소월의 종교는 어쩌면 자신이 태어난 조선 땅과 그곳에 사는 사람들이었을 것이다.

소월 시에 나타난 낙관

—「찬 저녁」과 「들도리」

찬 저녁

퍼르스럿한 달은, 성황당의
군데군데 헐어진 담 모도리에
우둑히 걸리웠고, 바위 위의
까마귀 한 쌍, 바람에 나래를 펴라.

엉기한 무덤들은 들먹거리며,
눈 녹아 황토(黃土) 드러난 멧기슭의,
여기라, 거리 불빛도 떨어져 나와,
집 짓고 들었노라, 오오 가슴이여
세상은 무덤보다도 다시 멀고

눈물은 물보다 더 더움이 없어라.

오오 가슴이여, 모닥불 피어오르는

내 한세상, 마당가의 가을도 갔어라.

그러나 나는, 오히려 나는

소리를 들어라, 눈석이물이 씨거리는,

땅 위에 누워서, 밤마다 누워,

담 모도리에 걸린 달을 내가 또 봄으로.

시의 전체적인 분위기는 스산하고 암울하다. 밤을 비추는 달은 떴으되, 어릴 적 고향의 남산에 올라 달맞이 하던 보름달처럼 밝고 환한 달은 아니다. "성황당의 / 군데군데 헐어진 담 모도리에 / 우둑히 걸리"운 창백한('퍼르스럿한') 달이다. 게다가 까마귀며 무덤이 음산한 분위기를 더해준다. 허물어져 가는 성황당과 무덤은 근대 이전의 전통세계가 붕괴된 상태를 상징하는 것으로 읽힌다. 사람들은 익숙한 전통 속에 놓여 있을 때 안정감을 느끼기 마련이다. 하지만 지금 화자는 과거의 조화로운 세계와 단절된 세상에 놓여 있고, 그 세상은 "무덤보다도 다시 멀"다고 생각한다. "내 한세상, 마당가의 가을도 갔어라"라는 구절은 상실감에서 오는 탄식일 것이며, 상실에서 비롯된 비애는 소월 시의 주된 정조이기도 하다.

시에 그려진 풍경을 통해 우리는 소월이 맞닥뜨려야 했던 당대 현실(식민지 상황을 포함한)의 분위기를 느낄 수 있다. 그런 상황에서 화자가 비탄에 잠긴 모습으로만 그렸다면 무기력한 시가 되고 말았겠지만, 마지막 연에서 분위기의 전환을 꾀하고 있다. "눈석이물이 씨거리는" 소리를 듣는 것, 그리고 밤마다 "담 모도리에 걸린 달"을 보는 행위를 통해 비탄에만 잠겨 있지 않으려는 화자를 등장시키고 있는 것이다.(한편 달을 보는 내가 있다는 사실을 전함으로써 퍼르스럿한 달에게 위로를 전하는 마음도 읽어낼 수 있다.) '눈석이물'(표준어로는 눈석임물)은 쌓인 눈이 속으로 녹아서 흐르는 물을 뜻한다. 지금처럼 암울한 상황이 지속되지는 않을 것이라는 믿음과 낙관을 잃지 않겠다는 의지의 표현인 셈이다. '그러나' 다음에 이어지는 '오히려'라는 부사가 그런 의지를 더욱 뒷받침해 준다.

하지만 화자의 그러한 의지가 소극적인 태도에 머물고 있는 것도 사실이다. "집 짓고 들었노라"를 어떻게 읽어야 할까? 성황당과 무덤 가까운 곳으로 직접 찾아가서 집을 지었을까? 그렇게 읽기보다는 어쩔 수 없이 내몰려서 찾아든 곳이라고 보는 게 합당할 듯하다. 눈석이물이 쌓인 눈을 모두 녹이고 나올 때까지, 퍼르스럿한 달이 다시 밝고 환한 달로 떠오를 때까지 화자가 할 수 있는 것은 믿고 기다리는 것뿐이다. 자연 현상은 때가 되면 원래의 질서로 돌아오지만, 인간 세상은 그렇게 순리대로만 흘러가지는 않는다. '밤마다'라는 시어에서 간절한 비원(悲願)을 읽어낼 수 있고, 그러한 믿음과 낙관도 중요한 건 맞지만, 그것만으로 세상의 변화를 이끌어낼 수 있는 건 아니다.

들도리*

들꽃은
피어
흩어졌어라.

들풀은
들로 한 벌 가득히 자라 높았는데,
뱀의 헐벗은 묵은 옷은

---

* 원문에 '들도리'라고 되어 있는 제목을 '들돌이'라고 해석하는 이들이 많다. '들을 돈다(回)'는 의미를 담고 있다고 본 것인데, 일리 있는 해석이라고 생각한다. 아예 '들놀이'라고 바꿔 놓은 시집들도 있지만 이는 잘못 옮긴 것이다.

길 분전*의 바람에 날아 돌아라.

저 보아, 곳곳이 모든 것은
번쩍이며 살아 있어라.
두 나래 펼쳐 떨며
소리개도 높이 떴어라.

때에 이내 몸
가다가 또다시 쉬기도 하며,
숨에 찬 내 가슴은
기쁨으로 채워져 사뭇 넘쳐라.
걸음은 다시금 또 더 앞으로……

　소월의 시가 늘 이별의 정한과 상실의 비애감에만 둘러싸
여 있었던 건 아니다. 「들도리」는 소월의 시에서 드물게 나타
나는 환희를 보여준다. 들에 나선 화자의 눈에 보이는 풍경은

---

* 원문에는 '길분전'으로 붙여 쓰고 있다. 훗날 소월 시집을 묶어낸 이들 다수가 '길 분
전(分傳: 물건, 서류, 편지 따위를 여러 곳에 나누어 전함)으로 해석하고 있으며, 나 역
시 이런 견해에 따랐다. 김용직 교수는 이를 민속 제례의식의 하나로 돈을 태우는 분전
(焚錢)과 관계가 있을 것이라며, 노두의 소지(燒紙)를 짐작케 한다고 했다. 참고할 만한
견해이다.

한결같이 활기에 차 있다. 그런 풍경을 보며 화자 역시 "기쁨으로 채워져 사뭇 넘"치는 경험을 한다. 들이 가져다준 생명에 찬 환희를 가슴 가득 느끼는 중이다. 그래서 "걸음은 다시금 또 더 앞으로" 나아간다. 앞서 소개한 「찬 저녁」이 변화의 시간을 믿고 기다리는 데 반해 「들도리」에서는 스스로 앞을 향해 발걸음을 내딛는다. 그런 면에서 「들도리」가 「찬 저녁」의 세계보다는 진전된 의식을 보여주고 있다고 하겠다.

하지만 「들도리」 역시 새로운 인식의 확장을 보여주고 있다고 하기는 어렵다. 들이라는 공간을 벗어나 세상 속으로 들어오게 되면 그때도 역시 기쁨에 찬 발걸음을 옮겨 놓을 수 있을까? 혹시 현실 세계의 억압이 없는 들이라는 공간 안에서만 자유로움을 느끼고 있는 건 아닐까? 이런 질문에 대한 답을 찾으려면 이후 소월의 삶과 작품 활동을 연동시켜 살펴보아야 하는데, 알다시피 시집 발간 이후 소월은 삶과 시작 활동 모두에서 침체기로 들어선다.

「들도리」의 한계는 윤동주의 시 「새로운 길」과 비교해 보면 뚜렷이 드러난다. 윤동주 작품은 제목 자체도 본래 있던 길이 아니라 '새로운 길'이거니와 화자의 의지도 훨씬 적극성을 띠고 있다. 소월의 「들도리」에 펼쳐진 공간은 들을 벗어난 다른 공간을 상정하고 있지 않지만, 윤동주의 시는 "내를 건너서 숲으로 / 고개를 넘어서 마을로"라는 구절에 드러나 있듯 '지금 이곳'에서 '다른 저곳'을 향하고 있다.

이러한 차이는 두 사람이 지닌 기질과 정서에서 비롯된 탓이 크다. 두 사람 모두 식민지 치하에서 고뇌와 절망을 안고 살면서 시를 썼다. 그러나 시의 결은 서로 달랐다. 단순화해서 말하자면, 윤동주의 시가 '부끄러움의 미학'에 기대고 있었다면 김소월의 시는 '그리움의 미학'에 기대고 있었다고 할 수 있다. 그리움은 미래보다는 과거의 시공간을 좇게 되어 있다. 그래서 소월의 시를 평할 때 많은 사람들이 현실 극복의 지향성을 보여주지 못한다는 점을 지적하곤 한다. 이러한 견해가 소월 시의 전체를 아우르는 건 아니지만, 그런 경향을 지니고 있음을 부정할 수는 없다.

그런 한계에도 불구하고 「찬 저녁」과 「들도리」에서 보여준 소월의 낙관성은 그것대로 평가해 줄 필요가 있다. 소월의 시 세계를 일방적으로 규정하고, 하나의 틀로만 묶어서 이해하려는 안일함을 돌아보게 해주는 역할을 하고 있기 때문이다. 의외로 소월의 시 세계는 스펙트럼이 상당히 넓은 편이다. 민요풍의 시에서부터 이별과 그리움의 정한을 담은 서정시, 농민시라 할 만한 시편들, 일제에 대한 저항의식을 담은 시편은 물론 돈을 소재로 한 세태 풍자시도 있다. 그런 가운데 소월의 시가 낙관성을 좀 더 살리지 못한 것은 아무래도 소월을 둘러싼 환경과 시대 탓이 크다고 하겠다. 쌓인 눈 밑으로 흐르는 "눈석이물이 씨거리는" 소리를 들을 줄 아는 시인에게 경의를 표하는 독자들이 많아지기를 바란다.

눈 감고 마주 선 두 사람

―「합장」

합장(合掌)

나들이. 단 두 몸이라. 밤빛은 배여와라.

아, 이거 봐, 우거진 나무 아래로 달 들어라.

우리는 말하며 걸었어라, 바람은 부는 대로.

등 불빛에 거리는 해적여라, 희미한 하느편*에

고이 밝은 그림자 아득이고

퍽도 가까힌, 풀밭에서 이슬이 번쩍여라.

밤은 막 깊어, 사방은 고요한데,

이마즉, 말도 안하고, 더 안 가고,

길가에 우뚝하니. 눈감고 마주서서.

먼먼 산. 산 절의 절 종소리. 달빛은 지새여라.

　참 아름다운 시다. 소월의 시에 늘 보이던 설움도 그리움
도 없다. 다만 시를 다 읽고 나면 수묵화 같은 그림 한 폭이
떠오를 뿐이다.

　두 사람이 밤나들이를 하고 있다. 숲을 향해 걸으며 두런
두런 정다운 이야기를 나눈다. 우거진 나무 사이로도 달빛은
들어오고, 가까운 풀밭에선 이슬이 번쩍인다. 얼마 지나지 않
아 밤은 깊어 사방이 고요해진 탓에 이야기를 나누던 두 사
람도 입을 다문다. 다만 고요만이 어두운 숲에 가득하다. 그
러니 어쩌겠는가. 가던 길 멈춰 서서 눈 감고 마주 설밖에!

　두 사람은 어떤 사이일까? 따지는 일조차 부질없는 일이
다. 눈 감고 마주 선 두 사람은 그 순간 몸과 마음이 합쳐진
상태였으리라. 그런 황홀한 경험을 언제 어디서 해볼 수 있을
까? 혼자 하는 밤나들이가 아니라서 더욱 아름다운 밤 풍경
을 만들 수 있었다. 마주 선다는 것, 그보다 아름다운 일이 있

* '서쪽 편.

으랴. 더구나 고요한 밤, 숲속 달빛 아래라는 시공간이 둘러싸고 있으니 그 자체로 모든 풍경이 완성되었다고 하겠다. 그래서 "더 안 가고"라는 구절이 마음을 치고 간다. 그 자리에 멈춰 서지 않고 계속 안으로 들어갔으면 어떻게 될까? 그건 아예 세속을 버리는 것이다. 세속과 피안의 경계에서, 딱 그만큼의 자리에서 눈 감고 마주 선 두 사람. 그래서 거룩함마저 느끼게 하는 풍경을 만들어낼 수 있었다. 마지막으로 그림을 완성시켜주는 건 산 절의 종소리다. 종소리가 어둠 속에서 마주 선 두 사람을 감싸주면서 고요를 더욱 빛나게 한다. 여기서 산 절의 종소리는 우리가 일반적으로 말하는 의미의 소리가 아니다. 오히려 자칫 분위기를 흩트릴 수 있는 벌레 울음 같은 작은 소음마저, 나아가 두 사람의 숨소리마저 빨아들이는 역할을 한다. 그 소리는 먼 데서 와서 두 사람을 우리들 마음 깊은 곳 어디에 있는 저 먼 데로 데려간다. 그러니 달빛은 그 자리를 지키며 밤을 지샐 수밖에 없다.

마지막 행을 잘 보자. 이 구절을 단순하게 "먼 산의 절 종소리. 달빛은 지새여라"라고 했으면 시의 맛이 퍽 줄었을 것이다. '먼먼'을 앞세운 '산'을 제시하고 나서 다시 그 '산'을 이어받도록 했고, 이어 '절'을 앞세운 다음 또 '절'을 이어받게끔 축조한 언어 기술은 가히 놀랍다. 이러한 기법은 소월의 시에서 흔히 볼 수 있는데, 다른 시인들은 흉내 내기 힘들다.

우리 시사(詩史)에서 합장(合掌)하는 모습을 인상 깊게 다룬 시로 백석의 「여승」과 조지훈의 「승무」가 있다. 「여승」에서는 집 나간 지아비를 기다리다 어린 딸을 돌무덤에 묻고 출가한 여승의 설움이 뚝뚝 묻어나는 '합장'을, 「승무」에서는 승무를 추는 여승의 "깊은 마음 속 거룩한 합장"을 그리고 있다. 나는 두 편의 뛰어난 작품 곁에 소월의 「합장」을 나란히 세워 두고 싶다.

농민의 삶을 찬양한 소월
—「여름의 달밤」과 「밭고랑 위에서」

여름의 달밤

서늘하고 달 밝은 여름밤이여
구름조차 희미한 여름밤이여
그지없이 거룩한 하늘로서는
젊음의 붉은 이슬 젖어 나려라.

행복의 맘이 도는 높은 가지의
아슬 아슬 그늘 잎새를
배불러 기어도는 어린 벌레도
아아 모든 물결은 복 받았어라.

뻗어 뻗어 오르는 가시 덩굴도
희미하게 흐르는 푸른 달빛이
기름 같은 연기에 멱 감을러라.
아아 너무 좋아서 잠 못 들어라.

우긋한 풀대들은 춤을 추면서
갈잎들은 그윽한 노래 부를 때
오오 내려 흔드는 달빛 가운데
나타나는 영원(永遠)을 말로 새겨라.

자라는 물벼 이삭 벌에서 불고
마을로 은(銀) 숫드시 오는 바람은
눅잦히는 향기로 두고 가는데
인가들은 잠들어 고요하여라.

하루 종일 일하신 아기 아버지
농부들도 편안히 잠들었어라.
영 기슭의 어둑한 그늘 속에선
쇠스랑과 호미뿐 빛이 피어라.

이윽고 식새리*의 우는 소리는
밤이 들어가면서 더욱 잦을 때
나락밭 가운데의 우물가에는
농녀(農女)의 그림자가 아직 있어라.

달빛은 그무리며 넓은 우주에
잃어졌다 나오는 푸른 별이요.
식새리의 울음의 넘는 곡조요.
아아 기쁨 가득한 여름밤이여.

삼간집에 불붙는 젊은 목숨의
정열에 목 맺히는 우리 청춘은
서느러운 여름 밤 잎새 아래의
희미한 달빛 속에 나부끼어라.

한때의 자랑 많은 우리들이여
농촌에서 지나는 여름보다도

---

* '씩새리'로 발음이 되며 『표준국어대사전』에는 귀뚜라미의 평안북도 방언이라고 풀이해 놓고 있으나, 정주 출신의 국어학자 이기문에 따르면 쓰르라미를 뜻하는 말이라고 한다. 시의 계절 배경으로 보아 쓰르라미로 보는 게 타당할 듯하다.

여름의 달밤보다 더 좋은 것이
인간에 이 세상에 다시 있으랴.

조고만 괴로움도 내어버리고
고요한 가운데서 귀 기울이며
흰 달의 금물결에 노를 저어라
푸른 밤의 하늘로 목을 놓아라.

아아 찬양하여라 좋은 한때를
흘러가는 목숨을 많은 행복을.
여름의 어스레한 달밤 속에서
꿈같은 즐거움의 눈물 흘러라.

소월이 늘 설움과 슬픔만 노래한 건 아니다. 그런 시편들
이 많기는 하지만 자칫 그런 시들만 주목하다 보면 소월의
시 세계를 좁은 울타리에 한정시키고 마는 우를 범하기 쉽
다. 소월은 의외성이 많은 인물이다. 어릴 때 손재주가 많아
만들기를 잘했고 장기 두기에 능했으며, 주산도 썩 잘 놓았
다. 그리고 일본 유학을 갈 때 문학 전공이 아닌 상과대학으
로 진로를 정하기도 했다.

소월의 초기 작품 중에는 「서울의 거리」처럼 퇴폐적인 정조를 담은 시도 있고, 「여자의 냄새」처럼 다소 에로틱한 분위기를 띤 작품도 있다. 그런가 하면 「밭고랑 위에서」와 같이 농업 노동의 환희를 찬양한 작품도 있다. 「여름의 달밤」과 「밭고랑 위에서」는 흐름을 같이하는 작품으로 볼 수 있다.

「여름의 달밤」은 농촌의 여름밤을 7·5조의 율격에 맞춰 그려낸 작품이다. 작품이 길긴 하지만 전편에 걸쳐 고된 농사일을 끝내고 농부들이 잠든 여름밤의 정경을 아름답게 묘사하고 있다. 그러면서 "기쁨 가득한" "여름의 달밤보다 더 좋은 것이 / 인간에 이 세상에 다시 있으랴"라고 말하고 있다. 소월이 "찬양하여라 좋은 한때"라고 말했던 그 밤이 오래 지속되지 못한 데서 소월의 상실감과 비애가 시작되었는지도 모른다.

소월은 조선 땅과 그 땅에서 땀 흘려 일하는 농민들을 사랑했다. 그래서 땅을 잃고 떠도는 농민들을 볼 때마다 안타까워했으며, 소작인들을 착취하는 지주들의 행태를 못마땅하게 여겼다. 또한 소월은 구성으로 이사한 후에 농민의 삶을 살며 마을 앞에 펼쳐진 거친 땅을 개간하는 일에 나서기도 했다. 건강한 농군으로 사는 것, 그게 소월이 꿈꾸는 삶이었다.

소월이 본격적으로 농사를 짓기 시작한 건 1926년에 구성으로 옮긴 후이지만, 곽산의 남산리에 살 때도 아내와 함께 밭농사 정도는 지었을 것이다. 소월의 할아버지는 금광업을 했고, 아버지는 실성한 상태였기 때문에 여러 사람의 노동력이 필요한 논농사는 몰라도 밭농사는 여자들의 힘으로도 충분히 가능했을 테고, 계희영의 글에도 그러한 정황이 나온다. 「밭고랑 위에서」를 읽어보자.

밭고랑 위에서

　우리 두 사람은
　키 높이 가득 자란 보리밭, 밭고랑 위에 앉았어라.
　일을 필(畢)하고 쉬는 동안의 기쁨이여.
　지금 두 사람의 이야기에는 꽃이 필 때.

　오오 빛나는 태양은 내려 쪼이며
　새 무리들도 즐거운 노래, 노래 불러라.
　오오 은혜여, 살아 있는 몸에는 넘치는 은혜여,
　모든 은근스러움이 우리의 맘속을 차지하여라.

세계의 끝은 어디? 자애의 하늘은 넓게도 덮였는데,

우리 두 사람은 일하며, 살아 있어서,

하늘과 태양을 바라보아라, 날마다 날마다도,

새라 새로운 환희를 지어내며, 늘 같은 땅 위에서.

다시 한 번 활기 있게 웃고 나서, 우리 두 사람은

바람에 일리우는 보리밭 속으로

호미 들고 들어갔어라. 가즈란히 가즈란히,

걸어 나아가는 기쁨이여, 오오 생명의 향상이여.

「여름의 달밤」이 외부자 내지 관찰자의 시선으로 농촌의
풍경을 바라본 작품이라면 「밭고랑 위에서」는 직접 호미를
든 농부의 입장에서 쓴 작품이다. 그래서 시 전편에 몸소 느
끼는 기쁨과 환희가 가득하다. 잠시 쉬었다가 다시 호미를 들
고 보리밭 속으로 들어가는 두 사람의 모습을 상상하는 것
만으로도 흐뭇함을 안겨주고 있지 않은가. 여기서 시에 나오
는 두 사람은 누굴까? 그냥 두 사람이 아니라 "우리 두 사람"
이라고 표현한 것으로 보아 소월과 그의 아내를 지칭하는 게
분명하다. 할아버지를 비롯해 집안 어른들은, 소월이 많이 배
운 만큼 좋은 직장을 잡기를 원했다. 금융조합 서기 같은 자

리는 얼마든지 가능한 일이었지만, 소월은 농민을 착취하는 기구에 들어가서 일하는 것에 반감을 지니고 있었다. 그보다는 밭에서 땀 흘려 일하는 기쁨을 더 소중하게 여겼고, 실제로 그런 삶을 살고자 했다.

「여름의 달밤」과 「밭고랑 위에서」는 모두 시집 『진달래꽃』에 실려 있다. 그러니까 고향 마을인 곽산의 남산리에 살 때 쓴 작품들로, 소월이 아직 절망 속으로 빨려 들어가기 전에 지녔던 희망을 짐작케 해준다. 구성으로 가서 농군의 삶을 살고자 할 때도 충분히 새로운 삶을 개척해 갈 자신이 있었으리라. 그때가 20대 중반의 젊은 시절이었으니, 뜻을 세우기에 적합한 나이였다. 하지만 소월의 정점은 거기까지였다. 이후 뜻은 꺾이고, 재기의 몸부림조차 허망하다고 느꼈을 때 소월은 더 이상 삶의 끈을 붙들지 못했다.

서울을 노래한 시
— 「서울의 거리」와 「서울 밤」

서울의 거리

서울의 거리!

산그늘에 주저앉았는 서울의 거리!

이리저리 찌어진 서울의 거리!

창백색(蒼白色)의 서울의 거리!

거리거리 전등은 소리 없이 울어라!

한강의 물도 울어라!

어둑축축한 六月밤의

창백색(蒼白色)의 서울의 거리여!

지리한 림우(霖雨)에 썩어진 물건은

구역나는 취기(臭氣)를 흘러 저으며

집집의 창틈으로 끄러들어라.

음습하고 무거운 회색공간에

상점과 회사의 건물들은

히스테리의 여자의 걸음과도 같이

어슬어슬 흔들리며 멕기여 가면서

검푸른 거리 위에서 방황하여라!

이러할 때러라, 백악(白堊)의 인형인 듯한

귀부인, 신사, 또는 남녀의 학생과

학교의 교사, 기생, 또는 상녀(商女)는

하나둘씩 아득이면 떠돌아라.

아아 풀 낡은 갈바람에 꿈을 깨인 흰 장지 배암의

우울은 흘러라 그림자가 떠돌아라……

사흘이나 굶은 거지는 밉쌀스럽게도

스러질 듯한 애닯은 목소리의

『나리마님! 적선합시오, 적선합시오!』……

거리거리는 고요하여라!

집집의 창들은 눈을 감아라!

이때러라, 사람 사람, 또는 왼 물건은

깊은 잠 속으로 들러하여라

그대도 쓸쓸한 유령과 같은 음울은

오히려 그 구역(嘔逆) 나는 취기(臭氣)를 불고 있어라.

아아 히스테리의 여자의 괴로운 가슴엣 꿈!

떨렁떨렁 요란한 종을 울리며,

막 전차는 왔어라, 아아 지나갔어라.

아아 보아라, 들어라, 사람도 없어라,

고요하여라, 소리조차 없어라!

아아 전차는 파르르 떨면서 울어라!

어둑축축한 六月밤의 서울 거리여,

그러하고 히스테리의 여자도 지금은 없어라.

이 시는 『학생계』 5호(1920. 12)에 실린 작품이다. 소월은 그 당시 중학생들을 위한 교양지의 성격을 띠고 있던 『학생계』에 여러 차례 작품을 투고해서 실었는데, 스승인 김억이 투고 작품 심사를 맡고 있었기 때문으로 보인다. 어쩌면 김억이 투고하라고 권유했거나 자신이 갖고 있던 소월의 작품을 직접 실었을 수도 있다. 그해에 김억의 추천으로 『창조』지에 작품을 발표하고 막 문단에 이름을 올린 소월에게 더 많은 작품 기회를 주고 싶었던 김억의 배려가 있었으리라고 추측할 만하다. 이 작품을 선정하고 나서 김억은 다음과 같은 작품평을 달았다.

전편에 떠도는 퇴폐적 기분은 써 족히 작자의 관능적에 닮은 무엇을 느끼겠다. 하고 내용보다 '말'의 고운 점이 있어 처음 몇 구절 같은 것은 대단히 좋다. 심각한 새 맛은 적은 것이 유감이다.

김억의 평대로 관능적이고 퇴폐적인 느낌이 물씬 풍기는 작품이다. 소월은 왜 이런 작품을 쓰게 되었을까? 소월은 김억을 통해 서구시를 배웠으므로 서구시의 흐름과 경향에 대해 제법 알고 있었을 것이다. 그리고 퇴폐와 허무, 암울함을 주된 정서로 삼은 동인지 『폐허』가 1920년 7월에 창간했고, 김억이 동인으로 참여하고 있었다는 것도 어느 정도 영향을 미치지 않았을까 싶다. 이제 만 열여덟의 나이였던 소월이 습작 단계에서 이런저런 시도를 해보던 차에 나온 시로 이해하면 될 만한 작품이다. 그런 만큼 설익은 작품임은 분명하고, 나중에 시집을 엮을 때 포함시키지도 않았다.

그런데 이 무렵 소월이 서울을 다녀간 적이 있을까? 소월이 오산학교를 다니다 폐교로 인해 학업을 중단한 뒤 서울에 있는 배재고보에 들어간 건 1922년의 일이다. 「서울의 거리」는 1920년에 발표했으므로 서울 유학 이전에 쓴 작품인데, 기록에는 소월이 그 전에 서울에 다녀간 흔적이 없다. 물론 소월의 생애가 많은 부분 가려져 있으므로 여행 삼아, 혹은 금광업을 하던 할아버지가 사업차 서울에 자주 다녔다고 하므로 함께 따라나선 경험이 있을 수도 있다. 시에 나타난 풍경 묘사가 매우 구체적이어서 그런 심증을 갖게 해주지만 확실하게 단정 지을 수는 없다. 설사 서울에 다녀가지 않았더라도 당시에 간행되던 신문이나 잡지를 통해 서울 풍경을 간접 경험하는 게 그리 어려운 일은 아니었으니, 그런 간접 경험에 상상을 덧붙여 그려낸 풍경일 수도 있다. 어찌 되었든 이 무렵 서울에 대한 소월의 인상은 상당히 부정적이었음을 알 수 있다. 그 이상으로 이 작품에서 무언가 특별하거나 새로운 의미를 찾아내려고 하는 건 불필요해 보인다. 때때로 시를 대하면서 작가의 의도를 앞질러 과잉 해석을 하는 이들이 있는데, 그런 지나친 의욕을 내려놓아야 할 때도 있다.

그렇다면 소월이 서울에 직접 거주하면서 배재고보에 다니던 무렵에 겪은 서울 풍경은 어떠했을까? 작품을 보자.

서울 밤

붉은 전등.
푸른 전등.
널따란 거리면 푸른 전등.

막다른 골목이면 붉은 전등.

전등은 반짝입니다.

전등은 그무립니다.

전등은 또다시 어스렷합니다.

전등은 죽은 듯한 긴 밤을 지킵니다.

나의 가슴의 속 모를 곳의

어둡고 밝은 그 속에서도

붉은 전등이 흐득여 웁니다.

푸른 전등이 흐득여 웁니다.

붉은 전등.

푸른 전등.

머나 먼 밤하늘은 새캄합니다.

머나 먼 밤하늘은 새캄합니다.

서울 거리가 좋다고 해요,

서울 밤이 좋다고 해요.

붉은 전등.

푸른 전등.

나의 가슴의 속 모를 곳의

푸른 전등은 고적(孤寂)합니다.

붉은 전등은 고적(孤寂)합니다.

이 시는 1925년에 간행한 시집 『진달래꽃』에 실려 있다. 그 전에는 신문이나 잡지에 발표한 적이 없던 작품이므로 정확히 언제 창작했는지 모른다. 소월이 서울에 머물렀던 건 배재고보에 다니던 1922년과 다음해에 짧은 일본 유학을 갔다온 후 잠시 서울에서 지내며 문단 인사들과 어울렸던 시기 정도다. 창작 시기가 일본 유학 전이냐 후냐는 크게 중요치 않고, 먼저 발표했던 「서울의 거리」와 비교해 보는 건 의미가 있겠다.

우선 두 작품은 모두 서울의 밤 풍경을 소재로 삼고 있다. 그리고 서울이라는 공간을 친숙하게 끌어안기보다는 관찰자의 시선으로 낯설게 혹은 우울하게 바라보고 있다. 「서울의 거리」를 쓰고 난 다음 소월 자신도 흡족하게 여기지는 않았을 것이다. 그러다가 시간이 흐른 후 미진함과 아쉬움을 상쇄하기 위해 새로 쓴 작품이 「서울 밤」이 아닐까 싶다.

「서울 밤」이 「서울의 거리」를 개작한 거라고 보기에는 두 작품의 분위기와 서술 방법에 많은 차이가 있다. 그럼에도 두 작품 사이에 아무런 관련이 없다고 보이지도 않는다. 「서울의 거리」에 나왔던 "거리거리 전등은 소리 없이 울어라!"라는 구절만 떼어내 특화시킨 작품이 「서울 밤」이라고 보는 게 맞을 듯하다. 「서울 밤」에서 전등이 운다는 표현을 쓴 것이 그런 추정을 가능케 한다. 다른 이들은 서울 거리와 밤이 좋다고 하지만 소월은 그런 감상에 동의하지 않고 있다. 소월은 오히려 전등 너머 "먼 밤하늘은 새캄"한 것을 보고 있으며, 붉고 푸르게 반짝이는 전등 자체도 고적(孤寂)함을 담고 있는 표상으로 받아들인다. 소월에게 서울은 여전히 동화되기 어려운 장소였음을 알 수 있다.

실제로 소월은 시집 발간 이후 거의 서울로 발걸음을 하지 않는다. 문단 생활을 하려면 어떻게 하든 서울에 작은 근거지라도 마련해 두는 게 유리했을 테고, 주변에서 그런 권고도 했겠지만 소월은 아예 그런 생각 자체를 멀리했다. 소월의 심성이 사교적이지도 못했거니와, 거리마다 전등이 켜진 서울의 밤보다는 고향의 달밤이 더욱 소월의 마음을 끌어당겼을 것이다.

제3부

식민지 조선의 현실을
노래하다

소작쟁의로 쫓겨난 농민들

—「나무리벌 노래」

나무리벌 노래

신재령에도 나무리벌
물도 많고
땅 좋은 곳
만주 봉천은 못 살 곳

왜 왔느냐
왜 왔느냐
자곡자곡이 피땀이라
고향산천이 어디메냐

황해도

신재령

나무리벌

두 몸이 김매며 살았지요

올벼 논에 닿은 물은

츠렁츠렁

벼 자란다

신재령에도 나무리벌

　나무리벌은 황해도에 있는 재령평야를 말한다. 재령평야
는 재령, 봉산, 신천, 안악, 서흥, 평산, 황주, 해주 등 8개 군을
거쳐 대동강으로 흘러드는 재령강의 하류 쪽에 자리 잡고 있
다. 한자로는 여물평(餘勿坪)이라고도 하는데, 전라도 김제의
만경평야 다음가는 곡창지대로 알려졌을 만큼 물자가 풍족
해서 먹고, 입고, 쓰고도 남는다는 뜻에서 지어진 이름이다.
재령을 고향으로 둔 노인들은 어릴 때부터 "먹고 나무리, 입
고 나무리"라는 말을 듣고 자랐다고 한다. 땅이 위낙 비옥하
다 보니 그곳에서 난 쌀은 맛있기로 소문이 났다. 1992년에
정원식 국무총리 등 남한 측 대표단이 북한을 방문해 김일성

주석을 면담한 일이 있다. 당시에 만찬장에서 주고받은 대화록이 공개되었는데, 김일성 주석 입에서 나무리벌 이야기가 나왔다.

> "정 총리가 재령이 고향이라는데 재령쌀이 좋아요. 이조 때도 재령 나무리벌 쌀을 가져다 먹었다지. 재령은 우리나라에서 쌀 농사가 제일 먼저 시작된 곳이오."
>
> ─『한겨레신문』 1992. 2. 21.

소월의 시 「나무리벌 노래」를 제대로 이해하기 위해서는 나무리벌 농민들이 일제의 수탈정책에 시달린 설움과 그로 인해 촉발된 농민투쟁이 있었다는 사실을 알아야 한다. "물도 많고 / 땅 좋은 곳"인 나무리벌의 비극은 일본이 조선을 수탈할 목적으로 세운 동양척식주식회사로 소유권이 넘어가면서 시작된다. 재령군 북율면에 동척농장을 세운 일본인들은 자국민들을 이주시켜 농사짓게 한 다음 쌀 생산량의 70퍼센트를 반출해 갔다. 뿐만 아니라 조선인들이 농사짓는 땅의 소작료를 대폭 올려서 원성을 샀다. 이러한 횡포를 참지 못한 농민들이 두 차례에 걸쳐 소작쟁의를 일으키며 격렬하게 저항하자 잠시 일본인들의 이주를 금지시키기도 했으나, 결국 많은 농민들이 쫓겨나는 것으로 마무리되었다. 1926년에 동양척식주식회사 경성지점에 폭탄을 던지고 권총으로 일본인들을 쏘아 죽인 나석주 의사가 나무리벌에서 소작을 하다 쫓겨난 인물이다.

김소월이 이 시를 발표한 건 1924년 11월 24일자 『동아일보』였다. 나무리벌 소작쟁의가 일어난 게 1924년이고, 그해 9월 26일부터 10월 3일까지 『동아일보』는 이 문제를 다룬 사설을 연재했다. 그러므로 이 시가 나무리벌 소작쟁의로 쫓겨난 농민들을 생각하며 쓴 시라는 건 의문의 여지가 없다. 억울하게 만주 봉천으로 추방당한 농민들이 눈물 흘리며 고향을 그리워하는 마음을 절절히 담아낸 수작(秀作)이다.

그런데 내용뿐만 아니라 운율이며 행 나눔 등 형식 면에서도 나무랄 바 없는 이 작품을 소월은 자신의 시집에 싣지 않았다. 왜 그랬을까? 소월이 생전에 낸 유일한 시집인 『진달래꽃』은 1925년 12월에 발간되었다. 소월은 시집을 묶으면서 어떤 시를 넣고 어떤 시를 뺄지 무척 고심했을 것이다. 그 고심의 범주에는 작품 수준뿐만 아니라 다른 측면들도 있었을 거라는 짐작을 해본다.

소월은 1923년에 일본으로 유학을 갔다가 그해 가을에 일어난 관동대진재 때문에 귀국한 다음 다시 일본으로 돌아가지 못하고 고향인 평안도 정주 곽산에서 지냈다. 그 무렵 주 재소와 면사무소에서 소월을 자주 호출했다는 주변 사람들의 증언이 있다. 많이 배운 만큼 나라와 고장을 위한 일에 협 조를 해달라는 요청을 했다고 하는데, 말이 요청이지 회유와 협박에 다름 아니었으리라. 그런 과정에서 소월의 시에 대한 이야기들도 오갔으리란 건 충분히 짐작할 수 있는 일이다. 다 행히 『동아일보』에는 실렸지만 그 후 이 시의 불온성에 대해 일본 관헌들이 물고 늘어졌을 가능성을 배제할 수 없다. 이 작품 말고도 대표작 중 하나인 「옷과 밥과 自由」역시 시집에 서 빠져 있는데, 마찬가지 이유가 아닐까 싶다.

그 후에 「나무리벌 노래」는 「옷과 밥과 自由」와 함께 1928 년 7월 평양에서 발행된 동인지 『백치(白稚)』 2호에 재수록되 었다. 시집에 넣지 못한 게 끝내 아쉬워서였을까? 재수록된 과정과 사연에 대해서는 알 길이 없으나, 소월이 이 두 작품 에 애정을 갖고 있었음을 알 수 있다.

한편, 이 작품은 '흰달'이라는 필명으로 발표했다. 흰달은 소월(素月)을 우리말로 풀어 쓴 이름이다. '흰달'이라는 필명 은 이때만 사용했는데, 역시 그 이유는 모를 일이다. 일본 관 헌의 눈길을 피하기 위해서 그랬을까 싶은 마음도 들지만, 지 금에 와서 무슨 수로 확인할 수 있으랴.

유이민(流移民)의 설움
―「옷과 밥과 自由」

옷과 밥과 自由

공중에 떠다니는
저기 저 새여
네 몸에는 털 있고 깃이 있지.

밭에는 밭곡식
논에 물벼.
눌하게 익어서 수그러졌네.

초산(楚山) 지나 적유령(狄踰嶺)
넘어선다.

소월의 현실지향성을 잘 보여주는 이 작품은 1925년 1월 1일자 『동아일보』에 발표했다가 1927년에 발행된 『백치(白稚)』 2호에 재수록되었다.

한편, 이 시는 '서도여운(西道餘韻) — 옷과 밥과 自由'라는 제목으로 알려져 있기도 하다. 그 이유는 『동아일보』에 실릴 때 '서도여운(西道餘韻) 외 4편'이라는 제목으로 발표되었기 때문이다. 그런데 당시의 신문을 보면 큰 제목 다음에 '一. 옷과 밥과 자유'라는 소제목 아래 시가 나오고 이어서 '二. 배'라는 소제목과 시가 나온 다음 나머지 네 편 「만리성」, 「천리만리」, 「남의 나라 땅」, 「옷」이 차례로 실려 있다. 그렇다면 「옷과 밥과 자유」와 「배」는 각기 독립된 시편이 아니라 '서도여운(西道餘韻)'이라는 제목 아래 묶인 연시(聯詩)라고 보아야 옳다. 하지만 특이한 점은 두 편의 내용과 분위기가 서로 긴밀하게 연결되는 게 아니라 상이하다는 점이다. 이해를 돕기 위해 「배」 전문을 살펴보자.

배

개여울에 닻 준 배는
내일이라도
순풍만 불말로 떠나간다고

개여울에 닻 준 배는
이 밤에라도
밀물만 밀말로 떠나간다고

물 밀고 바람 불어
때가 될말로
개여울에 닻 준 배는 떠나갈 테지

우선 '서도여운(西道餘韻)'이라는 제목부터 살펴보자. 서도
는 황해도와 평안도를 아울러 이르는 말로, 서도 여행 후 마
음에 남아 있는 여운을 시로 그렸다는 뜻일 게다. 시의 분위
기로 보아 「배」는 어느 정도 그런 취지에 맞아 들어가는 듯한
데, 「옷과 밥과 自由」는 시의 분위기가 무거워서 여운이라는
말과는 거리감이 느껴진다. 이렇듯 차이점을 보이는 두 편을

하나로 묶어 둔 이유는 무얼까? 혹시 「옷과 밥과 自由」를 기행시(紀行詩)로 보이게 함으로써 검열자의 눈길을 피해 보려 했음일까? 상상은 자꾸 날개를 펴는데, 붙잡고 물어볼 이는 아득한 옛날에 금잔디를 덮고 지하로 들어가시고 말았다.

"초산(楚山) 지나 적유령(狄踰嶺)/넘어"서면 어디가 나올까? 지도를 펼쳐 놓고 보면 압록강이 게서 멀지 않다. 그렇다면 짐 실은 나귀를 데리고 험한 고갯길을 넘는 사람은 「나무리벌 노래」에 나오는 것처럼 만주 땅을 향해 가는 유이민(流移民)일 게다. 나귀 등에 세간을 싣고서!

밭곡식과 물벼가 "눌하게 익어서 수그러"진 땅을 버리고 압록강 너머 거친 만주 땅을 향해 가는 마음은 얼마나 사무쳤을 것인가? 그런 면에서 이 시는 「배」와 연결하여 연작시로 만들 게 아니라 「나무리벌 노래」와 묶어서 연작시로 만드는 게 훨씬 합당해 보인다. 두 시가 발표된 시점도 한 달 남짓밖에 차이가 나지 않는 것으로 보아 거의 같은 시기에 창작했음이 분명할진대, 소월이 그런 생각을 안 했을 리 없다. 짐작건대 소월이 작품을 발표하기 전에 남모르게 고민하면서 찾아낸 묘안이었을 수도 있겠다는 것이 터무니없는 추리만은 아닐 터이다.

제목이 '옷과 밥과 自由'로 되어 있는 것도 주의 깊게 살펴볼 필요가 있다. 1연에서는 옷의 문제를, 2연에서는 곡식 즉 밥의 문제를 이야기하고 있으며, 3연에서는 짐 실은 나귀 이야기를 하고 있다. 짐을 싣고 떠난다는 건 집을 버리고 간다는 얘기다. 그렇다면 '옷과 밥과 집'이라고 해도 무난한 작명이 될 듯하다. 그런데 앞의 두 단어는 보통명사인데 마지막에는 추상명사인 '自由'라는 단어를 끌어다 쓴 이유가 뭘까? 그건 "너 왜 넘니?"라는 결구에 답이 있어 보인다. 이 땅에는 옷과 밥을 제대로 누릴 자유가 없기 때문이라는 암시에 다름 아니다. 그런 면에서 볼 때 이 시는 다분히 정치성을 담고 있으며, 그러한 의도를 비유로 적절히 감싸 안고 있는 작품이라 하겠다.

　「옷과 밥과 自由」가 독자들에게 주목을 받기 시작하도록 한 데는 평론가 유종호 교수의 역할이 컸다. 지금까지 나온 수많은 소월의 시집은 제목이 『진달래꽃』 아니면 『산유화』, 『못 잊어』, 『예전엔 미처 몰랐어요』 등이다. 그러다 1977년에 민음사에서 문고판으로 세계시인선을 낼 때 유종호 교수가 김소월 편을 만들면서 『옷과 밥과 自由』를 제목으로 삼은 것이다. 나 역시 이 민음사판 문고본을 접하고 나서 소월에게 이런 작품이 있었다는 사실을 알게 되었다. 그런데 언제부터인가 표지와 판형을 바꾸고 새로 펴내면서 『진달래꽃』을 제목으로 삼았다. 아쉬운 일이 아닐 수 없다.

무쇠다리를 건넌 사람들

—「남의 나라 땅」

남의 나라 땅

돌아다 보이는 무쇠다리
얼결에 뛰어 건너서서
숨그르고 발 놓는 남의 나라 땅.

'무쇠다리' 하면 "무쇠팔 무쇠다리 로케트 주먹~" 하는 만화영화 〈마징가제트〉의 주제가를 떠올리는 사람이 많으리라. 이 시에 나오는 무쇠다리가 그 다리가 아님은 명확하다. 그렇다면 어떤 다리를 가리키는 걸까? 철교(鐵橋)를 우리말로 부르는 이름이라는 걸 어렵지 않게 짐작할 수 있다. 1914년 10월에 나온 『청춘』 창간호 부록에 『레 미제라블』을 번역한 「너

참 불쌍타」와 함께 최남선이 지은 창가인 「세계일주가」가 실려 있다. 가사 앞부분에 "큰 쇠다리"라는 말이 나온다.

한양아 잘 있거라 갔다 오리라
앞길이 질펀하다 수륙 십만 리
사천 년 옛 도읍 평양 지나니
굉장할사 압록강 큰 쇠다리여

그리고 이용악의 유명한 시 「전라도 가시내」에 "나는 발을 얼구며 / 무쇠다리를 건너온 함경도 사내"라는 구절이 나온다. 그러므로 철교를 예전에는 흔히 쇠다리나 무쇠다리라는 말로 부르기도 했음을 알 수 있다. 문제는 소월의 시에 나오는 무쇠다리가 어떤 철교를 가리키느냐 하는 점이다. 소월이 살았던 시대에는 한강철교도 있었고, 대동강철교도 있었다. 하지만 제목이 '남의 나라 땅'으로 되어 있으니 아무래도 국경지대에 놓인 압록강철교를 가리킨다고 보는 게 합당할 듯하다.

압록강철교는 신의주와 중국 단둥(丹東)을 잇는 다리로, 1911년에 놓였다. 중앙에 철도를 부설하고 좌우 양쪽에 2.6미터의 보도를 깔아 사람들이 걸어서 지나갈 수도 있게 만들

제3부 식민지 조선의 현실을 노래하다

었다. 1932년 통계에 따르면 보도통행자만도 연간 260만 명이었다고 하니, 무척 많은 사람들이 압록강철교를 넘어 조선과 중국을 오갔음을 알 수 있다. 그 후 1943년에 다리를 하나 더 놓았는데, 먼저 만들어진 다리는 한국전쟁 때 폭격을 당해 중국에 연결된 절반만 남아 있는 상태다.

다시 시로 돌아가 보자. 화자는 왜 무쇠다리를 뛰어 건넜을까? 시에는 "얼결에 뛰어 건"넜다고 하는데, '얼결'은 계획된 행동이 아니라는 뜻을 담고 있다. 사전에는 '뜻밖의 일을 갑자기 당하거나, 여러 가지 일이 너무 복잡하여 정신을 가다듬지 못하는 판'이라고 풀이해 놓았다. 하지만 국경을 넘어 "남의 나라 땅"으로 넘어가는 중대한 행동을 얼결에 그랬다고 하면 어딘지 좀 이상하다. 그렇다면 혹시 꿈에서 그랬다는 걸까? 소월이 꿈을 빌어 현실 이야기를 풀어 놓은 시가 많긴 하지만, 이 작품에서는 그렇게 볼 근거가 뚜렷하지 않다.

그렇다면 자기 스스로의 의지는 아니지만 어쩔 수 없는 힘에 이끌려 그리됐다는 식으로 풀이하면 어떨까? 단 세 행으로 이루어진 시라 해석의 근거를 작품 안에서 찾는 일이 만만치는 않다. 그래서 나는 이 시가 발표된 게 1925년 1월 1일 『동아일보』 지면이라는 사실을 참고하는 게 좋겠다는 생각을 한다. 앞서 소개한 「나무리벌 노래」가 1924년 11월 24일, 「옷과 밥과 自由」가 1925년 1월 1일에 각각 『동아일보』에 실렸음을 다시 떠올려 보자. 모두 자기 땅을 잃고 남의 나라 땅을 찾아가는 조선 농민들의 이야기가 아닌가! 그렇다면 「남의 나라 땅」 역시 같은 흐름 속에서 나온 작품일 수도 있겠다는 생각을 한다. 그래서 나는 이 세 작품을 일제의 수탈을 피해 만주로 떠돌아야 했던 유이민(流移民)들의 설움을 그린 3부작으로 보고 싶은 욕망에 사로잡힌다.

소월은 세 편 중에 이 시만 유일하게 시집 『진달래꽃』에 실어 놓았다. 작품성을 따지자면 「나무리벌 노래」와 「옷과 밥과 自由」가 훨씬 윗길이라고 생각한다. 다른 이들도 나의 이런 판단에 동의하리라 믿는다. 그런데 왜 소월은 그에 못 미치는 작품을 선택했을까? 혹시라도 문제가 되면 '얼결에'라는 말을 빌미 삼아 빠져나가려고 했던 걸까? 판단과 해석은 오롯이 나를 비롯한 독자들의 몫이다.

가느란 길을 따라가던 소월

—「바라건대는 우리에게 우리의 보습 대일 땅이 있었더면」

바라건대는 우리에게 우리의 보습 대일 땅이 있었더면

나는 꿈꾸었노라, 동무들과 내가 가지런히
벌 가의 하루 일을 다 마치고
석양의 마을로 돌아오는 꿈을,
즐거이, 꿈 가운데,

그러나 집 잃은 내 몸이여,
바라건대는 우리에게 우리의 보습 대일 땅이 있었더면!
이처럼 떠돌으랴, 아침에 저물손에
새라 새로운 탄식을 얻으면서,

동이랴, 남북이랴

내 몸은 떠가나니, 볼지어다,

희망의 반짝임은, 별빛의 아득임은.

물결뿐 떠올라라, 가슴에 팔다리에

그러나 어쩌면 황송한 이 심정을! 날로 나날이 내 앞에는

자칫 가느란 길이 이어 가라. 나는 나아가리라

한 걸음, 또 한 걸음. 보이는 산비탈엔

온 새벽 동무들, 저저 혼자…… 산경(山耕)을 김매이는.

시집 『진달래꽃』에 실린 작품 중 현실지향성이 가장 뚜렷
하게 드러나 있는 작품이다. 후기시에는 더욱 직설적으로 일
제 치하의 고난을 다룬 시들이 등장하지만 시집을 묶을 때에
는 사회성을 띤 작품들을 상당수 제외했음에 비추어 이 시가
시집에 실린 것은 이례적이라 할 만하다. 이 시는 오랫동안
국어교과서에 실려 널리 알려진 편이며, 소월이 민족주의 성
향을 지니고 있었음을 알려주는 대표적인 작품으로 거론되
곤 한다.

소월이 농군의 길을 가고자 했다는 건 여러 작품을 통해
쉽게 알 수 있다. 이 시가 그런 경향의 다른 시와 변별점을 갖

는 건, 동무들이 등장한다는 사실이다. 동무들과 함께 평화로이 농사를 지으며 살고 싶다는 소망은 지극히 단순하고 소박할 뿐이다. 하지만 거창할 것도 없는 이러한 꿈조차 이루기 힘든 게 소월이 살던 시대의 현실이다. 그러므로 이 시는 농사지을 땅이 없어 떠돌아야 하는 동시대 농민들에 대한 연민을 나타냄과 동시에 식민 치하의 학정을 고발하는 성격을 띠고 있다. 작중 화자는 그런 현실을 돌파하고자 "나는 나아가리라"라고 말하고 있지만 그 앞에 놓인 길은 "자칫 가느란 길"임을 모르지 않는다. 그래서 "새벽 동무들, 저저 혼자……산경(山耕)을 김매이는" 풍경을 눈에 담아 둘 수 있을 뿐이다.

땀 흘려 일하는 농민에 대한 소월의 애정은 각별했다. 첫 행에 나온 "나는 꿈꾸었노라"라는 구절을 소월은 늘 가슴에 품고 살았을 것이다. 그래서 구성으로 간 이후에는 가슴에 간직했던 꿈을 이룰 수도 있겠다는 희망을 품었을 법하다. 비록 현실 속에서 그런 꿈을 이루지는 못했지만, 소월이 얼마나 농민들과 함께하고자 했는지는, 훗날 북한의 김영희 기자가 구성에 찾아가서 만난 소월의 이웃들이 다음과 같이 증언해 주고 있다.

그 대신 농군들과의 관계는 빈번하였다. 당시 억울하게 차압을 당할 뻔한 홍필도 노인은 "소월이는 우리 농군들 일이라면 작두날에도 올라설 사람이었다"고 말한다.

기사 중에는 소월이 그 지방에 처음으로 고구마와 유자(柚子)를 도입한 사람이었다는 말도 나오는데, 얼마나 신빙성이 있는지는 모르겠다. 다만 소월과 함께 어울렸던 구성의 농민들이 소월을 농민들의 훌륭한 벗으로 여겼다는 건 사실로 보인다. 가슴에 품었던 꿈을 오래도록 이어가지는 못했지만, 농민들 틈에서 "희망의 반짝임"을 보고자 했던 소월! 하지만 그 길은 너무도 가늘었음에랴!

소월의 시를 이야기할 때 흔히 7·5조 혹은 3음보의 민요조 율격을 앞세운다. 소월이 그런 율격을 즐겨 사용한 것은 맞지만 모든 시가 그랬던 건 아니다. 특히 현실 문제를 다룬 시들은 대부분 정형화된 율격을 버리고 내재율에 바탕한 자유시 형식을 도입했다. 이 작품 역시 자유로운 호흡을 사용하며 시를 끌어가고 있다. 후기 작품으로 갈수록 그런 경향은 강해졌는데, 아무래도 현실 문제를 다루기에는 정형화된 율격이 갑갑하게 여겨졌기 때문일 것이다. 내용과 형식이 조화를 이루어야 한다고 할 때, 소월은 과감하게 고정된 율격을 버릴 줄도 알았다.

건강한 농민의 삶을 꿈꾸다
— 「건강한 잠」과 「상쾌한 아침」

건강한 잠

상냥한 태양이 씻은 듯한 얼굴로
산 속 고요한 거리 위를 쓴다.
봄 아침 자리에서 갓 일어난 몸에
홑것을 걸치고 들에 나가 거닐면
산뜻이 살에 숨는 바람이 좋기도 하다.
뾰죽뾰죽한 풀 엄을
밟는가봐 저어
발도 사뿐히 가려 놓을 때
과거의 십년 기억은 머리 속에 선명하고
오늘날의 보람 많은 계획이 확실히 선다.

마음과 몸이 아울러 유쾌한 간밤의 잠이어.

이 시에서 유심히 보아야 할 부분은 "과거의 십년 기억은 머리 속에 선명하고 / 오늘날의 보람 많은 계획이 확실히 선다"라는 구절이다. 김소월이 고향 곽산에서 처가가 있는 구성으로 삶의 터를 옮긴 것은 1926년이다. 그런 다음 1934년에 이 시를 발표했으니, "과거의 십년"은 구성으로 옮겨온 후의 시간을 말하는 것으로 볼 수 있다. 알다시피 이 기간은 소월에게는 여러모로 좌절의 시간이었고, 술에 절어 흘려보낸 나날이었다. 구성으로 향할 때는 새로운 희망에 부풀어 있었을지라도 이후 삶의 궤적은 차마 돌아보기 싫은 정도였으리라. 그럼에도 그 시간이 "머리 속에 선명"하다고 한다. 지난 세월을 회피하지 않고 직시함으로써 뛰어넘고자 하는 의지를 보여주고 있다고 해석하는 게 자연스러워 보인다.

한편 "과거의 십년"을 조금 달리 해석해 보면, 1924년에 발표한 시 「밭고랑 위에서」 이후의 시간을 말하는 것으로 보이기도 한다. 「밭고랑 위에서」는 초기시 중 독특하다 할 만큼 건강한 정서를 담고 있다. 시에 나오는, 호미를 들고 밭일을 하는 "우리 두 사람"은 필시 소월과 그의 아내를 지칭하는 것일 텐데, 두 사람의 노동을 "넘치는 은혜"라고 표현하고 있기도 하다. 1924년과 1934년, 정확히 십년 세월이다. 밭에서 땀 흘려 일하던 기쁨을 다시금 기억에서 끄집어내고 있는 것은 아닐까 하는 추론이 가능할 수 있다.

어떤 식으로 해석하건 과거를 돌아보며 새로운 앞날의 희망을 받아 안고자 하는 마음이 직접 드러나 있는 작품이다. 이시를 발표한 1934년은 소월의 삶에서 매우 중요한 해이다. 소월이 삶을 마감한 해이기도 하지만 한동안 시와 멀어졌다가 다시 왕성하게 시를 발표한 해이기도 하기 때문이다. 이 해에 김소월은 시 열두 편(『삼천리』 8월호에 3편, 『삼천리』 11월호에 9편)과 한시를 번역한 작품 여섯 편(『삼천리』 8월호)을 발표했다. 절정기 때의 기량을 충분히 살리지는 못했지만 태작(駄作)이나 평작(平作)의 수준은 충분히 넘어섰고, 그중 몇 편은 소월의 삶과 시를 이해하는 데 중요한 시사점을 주고 있다.

이 시는 내용으로 보아 봄에 썼음이 분명하고, 이때부터 소월은 부쩍 의욕을 보이기 시작한다. 봄이라는 계절이 주는 희망찬 분위기가 소월의 마음을 한껏 잡아끌었으리란 건 시의 앞부분을 통해 충분히 짐작할 수 있다. 이러한 점은 1934년 5월 26일자로 시인 김동환에게 보낸 편지를 통해서도 알 수 있다. 편지에 다음과 같은 구절이 들어 있다.

『요재지이(聊齋志異)』는 원고용지를 좀 장만하여 가지고 시작하려 합니다. 시는 내월(來月)에는 보내게 됩니다. 『요재지이(聊齋志異)』도 내월(來月)에는 될 줄 압니다.

중국 사람 포송령이 지은 『요재지이』는 신선, 여우, 유령, 귀신, 도깨비나 이상한 인간 등에 관한 이야기를 담고 있는 책이다. 소월은 여러 편의 한시를 번역하기도 했거니와, 그런 한문 실력으로 중국 책을 번역하여 생계에 도움을 받으려고 했음을 알 수 있다.

그런 한편 농사짓는 일에 전심을 다하고자 했던 게 분명하다. 이 시에서도 그런 모습이 일부 나타나지만, 함께 발표한 「상쾌한 아침」이 그러한 면모를 더욱 확실하게 보여준다.

상쾌한 아침

무연한 벌 위에 들어다 놓은 듯한 이 집
또는 밤새에 어디서 어떻게 왔는지 아지 못할 이 비.
신개지(新開地)에도 봄은 와서, 가냘픈 빗줄은
뚝 가의 아슴프레한 개버들 어린 엄도 축이고,
난벌에 파릇한 뉘 집 파밭에도 뿌린다.

뒷 가시나무 밭에 깃들인 까치 떼 좋아 지껄이고

개울가에서 오리와 닭이 마주 앉아 깃을 다듬는다.

무연한 이 벌, 심어서 자라는 꽃도 없고 메꽃도 없고

이 비에 장차 이름 모를 들꽃이나 필는지?

장쾌(壯快)한 바닷물결, 또는 구릉(邱陵)의 미묘한 기복(起伏)
도 없이

다만 되는 대로 되고 있는 대로 있는 무연한 벌!

그러나 나는 내버리지 않는다, 이 땅이 지금 쓸쓸타고,

나는 생각한다, 다시금, 시원한 빗발이 얼굴을 칠 때,

예서뿐 있을 앞날의 많은 변전(變轉)의 후에

이 땅이 우리의 손에서 아름다워질 것을! 아름다워질 것을!

앞의 시와 이 시의 제목을 연결하면 "건강한 잠"을 자고 일
어난 "상쾌한 아침"으로 읽게 된다. 창작 시기와 제목뿐만 아
니라 내용상으로도 두 시의 연결점은 뚜렷하다. 연작시로 보
아도 무리가 없다고 하겠다.

아마도 소월은 남들이 돌보지 않는 난벌, 즉 마을에서 멀
찍이 떨어진 벌판을 새로이 개간──'신개지'라는 낱말에서
알 수 있듯이──해서 옥토로 만들어보고자 했던 모양이다.
아직은 비록 황무지에 지나지 않을지라도 소월의 머릿속 구

상은 한껏 부풀어 있었다. 마지막 행에서 "아름다워질 것을!"을 두 번 반복한 것에서 소월의 낙관을 엿볼 수 있다. "시원한 빗발"에 얼굴을 내맡긴 채로 장차 다가올 미래를 상상하며 흐뭇해 하는 소월의 모습이 눈에 잡힐 듯 선하다.

땅에 삶의 뿌리를 박으며 건강한 농민의 삶을 살고자 했던 소월의 시도가 성공했다면 그의 시세계가 제2의 도약기를 맞이했을지 모른다. 하지만 이 시에 나오는 "앞날의 많은 변전(變轉)"은 전혀 예기치 않은 곳으로 흘러갔다. 그해가 가기 전인 12월에 돌연 소월이 세상을 떠나고 만 것이다.

봄부터 초가을 사이만 해도 의욕에 차 있었음이 분명한데 그 이후 짧은 시간 사이에 대체 어떤 일들이 벌어졌던 걸까? 주재소에 끌려다니며 치욕스러운 일을 당했을까? 아니면 감당하기 어려운 빚에 내몰렸을까? 하지만 내막을 알 수 있는 증언과 자료들이 전무하여 무어라 설명하기 힘들다.

여기서 간단하게나마 소월의 죽음에 대해 짚고 가자. 소월이 아편을 먹고 자살했다는 것이 정설처럼 전해지고 있으나 지금에 와서 그러한 사실을 뚜렷하게 증명할 길은 없다. 당시 신문에는 뇌일혈로 사망했다는 기사가 나왔고, 소월의 스승 김억도 그 무렵 소월의 몸이 뚱뚱하게 불어난 것을 근거로 뇌일혈 사망설에 동조했다. 일부에서는 당시에 많은 사람들이 진통제 대용으로 아편을 사용했던 것처럼 소월도 그렇게 아편을 복용하다가 사망 전날 술에 취해 아편을 지나치게 많이 복용해서 사망에 이른 게 아닌가 하는 견해를 내놓기도 한다. 일종의 사고사일 수도 있다는 얘긴데, 사망 이전의 행적을 보아서는 자살을 할 만한 뚜렷한 이유를 발견하기 힘들다는 점에서 일견 수긍이 가는 견해이다. 물론 진실은 누구도 알 수 없지만.

생각할수록 아쉬움과 안타까움만이 진하게 남는다. 나중에 유고시가 일부 발견되기는 하지만, 초고 형태로 종이에 끄적여 놓은 것들이 대부분이다. 당연히 문학성이 떨어지는 작품들이고, 그런 점에서 앞의 두 시가 김소월 시의 마지막 정점을 찍었다고 해도 무리는 아니다. 농민시인으로서의 김소월이 제대로 자리매김을 하기도 전에 가혹한 운명이 너무도 빨리 찾아왔다.

나라 잃은 설움을 노래하다

— 「봄」과 「진회에 배를 대고」

봄

이 나라 나라는 부서졌는데
이 산천 여태 산천은 남아 있더냐
봄은 왔다 하건만
풀과 나무에뿐이여

오! 서럽다 이를 두고 봄이냐
치워라 꽃잎에도 눈물뿐 흐르며
새 무리는 지저귀며 울지만
쉬어라 이 두근거리는 가슴아

못 보느냐 발갛게 솟구는 봉숫불이
끝끝내 그 무엇을 태우랴 함이료
그리워라 내 집은
하늘 밖에 있나니

애닯다 긁어 쥐어뜯어서
다시금 떨어졌다고
다만 이 희끗희끗한 머리칼뿐
인제는 빗질할 것도 없구나

소월은『조선문단』14호(1926. 3)에 네 편의 한시를 번역해
서 실었다. 그런데 원문을 충실히 번역한 데 그친 게 아니라,
원문을 바탕으로 하되 창작시에 가깝게 만들었다. 의역이라
할 수도 있겠고, 번역시가 아닌 번안시(飜案詩)라고 해도 무방
할 정도다.

　이 시는 두보(杜甫)의 「춘망(春望)」을 옮긴 것이다. 우선 원
문을 보도록 하자.

春望(춘망)

國破山河在(국파산하재)

城春草木深(성춘초목심)

感時花濺淚(감시화천루)

恨別鳥驚心(한별조경심)

烽火連三月(봉화연삼월)

家書抵萬金(가서저만금)

白頭搔更短(백두소갱단)

渾欲不勝簪(혼욕불승잠)

나라는 망해도 산과 강은 여전하고

봄 오니 성 안에 초목이 무성하네.

시절을 아는 꽃들은 눈물을 보이고

이별이 한스러워 새들조차 놀라네.

전쟁은 어쩌다가 석 달이나 이어져

집 소식 듣기 참으로 어렵네.

흰머리 긁어대 더욱 짧아진 통에

머리카락 다 모아도 비녀를 못 꽂겠네.

이 시는 당나라 현종 때 일어난 안록산의 난을 배경으로 하고 있다. 현종은 안록산의 반란군에 밀려 수도인 장안을 버리고 촉(蜀)으로 도망을 갔다. 그리고 이때 두보는 반란군에게 잡혀 장안에서 억류 생활을 한다. 전란의 참상과 그럼에도 변함없는 봄날의 풍경을 마주 대하며 가족에 대한 그리움을 절실하게 읊고 있는 작품이다.

원문을 충실하게 옮긴 시와 소월이 번안에 가깝게 옮긴 시를 보면 차이가 확 두드러진다. 말을 다루는 소월의 뛰어난 솜씨가 작품 전면을 감싸고 있음을 어렵지 않게 느낄 수 있다. 반복과 영탄을 적절히 섞어가며 운율을 살린 시를 읽어가다 보면 저절로 입에 감기며 역시 소월이라는 말이 나올 수밖에 없다.

그런데 소월은 왜 두보의 이 작품에 꽂혔을까? 함께 실린 번역시 한 편을 더 읽어보자.

진회(秦淮)에 배를 대고

으슴프레한 연기는
나뭇가지에 서리고
희즈멋한 모래밭

달빛은 아롱질 때

곳은
술집
가까이
배가 닿는 진회라

장사치 계집은
나랏일도 모르고
부르나니 저 노래
후정화(後庭花)가 무어냐

이 시는 역시 당나라 때의 시인 두목(杜牧)이 지은 작품을
우리말로 옮긴 것이다. 원문은 다음과 같다.

泊秦淮(박진회)

煙籠寒水月籠沙(연농한수월농사)

夜泊秦淮近酒家(야박진회근주가)

商女不知亡國恨(상녀부지망국한)

隔江猶唱後庭花(격강유창후정화)

찬 강물에 안개 자욱하고 달빛은 모래밭을 비추는데
밤에 진회의 술집 가까이 배를 댄다.
술집 여자는 망국의 한을 알지 못하고,
강을 사이에 두고 아직도 후정화를 부르고 있네.

시에 나오는 후정화(後庭花)는 옥수후정화(玉壽後庭花)를 줄
인 것으로, 중국 남북조시대 진(陳)나라의 마지막 왕 후주(後
主)가 주색에 빠져 사치스런 누각을 짓고 날마다 연회를 베풀
어 궁녀들과 놀면서 불렀던 노래를 말한다. 심지어 수(隋)나
라 군대가 왕궁을 쳐들어올 때도 후정화를 부르며 놀고 있다
포로로 잡혔다고 하여 이 노래를 흔히 '망국의 노래'라고도
한다.

두목이 진회에 들렀다가 그 옛날의 후정화가 들려오는 것
을 듣고 이 시를 짓게 되었다. 마침 당나라의 국운이 기울어
가던 때라 망국의 노래인 후정화를 듣는 두목의 심사가 어떠
했을지는 어렵지 않게 짐작할 수 있다.

두 편의 한시는 전란과 망국을 노래하고 있다. 그리고 소
월은 나라를 빼앗긴 식민지의 백성으로 살아가고 있다. 소월

이 무슨 마음으로 저 두 편의 한시를 옮기게 되었는지 길게 말하지 않아도 되리라. 두목 시의 원문에 나오는 망국(亡國)을 그대로 옮기지 못하고 '나랏일'이라고 에둘러 표현해야만 했을 소월의 심정을 헤아리는 일이 참 쓸쓸타!

길 떠나는 사람들
— 「바리운 몸」과 「두 사람」

바리운 몸

꿈에 울고 일어나
들에
나와라.

들에는 소슬비
머구리는 울어라.
풀 그늘 어두운데

뒷짐 지고 땅 보며 머뭇거릴 때.

누가 반딧불 꾀어드는 수풀 속에서

'간다 잘 살아라' 하며, 노래 불러라.

　소월은 왜 "꿈에 울고 일어"났을까? 어떤 꿈이었는지는 몰라도 무척 슬픈 내용이었으리라. 그러니 꿈에서 깨어난 다음에도 다시 잠들지 못하고 들로 나오지 않았겠는가. 그런데 꿈보다 더 슬픈 현실이 기다리고 있었나 보다. 어두운 수풀 속에서 들려오는 "간다 잘 살아라" 하는 소리! 누구였을까? 그는 왜 밤중에 떠나가는 노래를 불렀으며, 어디로 가고자 했던 것일까?

　「몹쓸 꿈」이라는 제목의 시도 있는 것으로 보아 소월은 흉몽을 자주 꾸었던 모양이다. 꿈은 무의식에 자리 잡은 심리를 반영한다고 할 때 젊은 시절 소월의 심사는 편치 않은 상태일 때가 많았음을 알 수 있다. 왜 그랬는지는 길게 설명할 필요가 없으리라. 소월에게 슬픔이나 설움의 감정은 선천적인 기질 탓도 있겠지만, 그를 둘러싼 식민의 현실이 그런 정서를 더욱 가중시켰음이 분명하다.

　이 시에 나오는 사람은 필시 먹고살 길을 찾아 만주나 삼수갑산 어디쯤으로 떠나는 사람일 게다. 흔히 야반도주라는 말을 쓰지만, 이 야반도주에는 서러운 사연이 담겨 있는 경우가 많다. 더구나 그 무렵은 일제의 억압과 지주들의 수탈이 극심하던 식민지 시절이지 않았는가. 식민지의 백성이 밤중에 길을 떠난다면 그건 자발적이라기보다 어쩔 수 없는 내몰림 탓이라고 보아야 마땅하다. 그래서 시의 제목도 버림받은 몸을 뜻하는 「바리운 몸」이 되었으리라.

시 한 편을 더 읽어보자.

두 사람

흰 눈은 한 잎
또 한 잎
영(嶺) 기슭을 덮을 때.
짚신에 감발하고 길심매고
우뚝 일어나면서 돌아서도…….
다시금 또 보이는,
다시금 또 보이는.

두 사람은 누굴까? 함께 길 떠나는 사람일까, 아니면 한 사람은 떠나고 다른 한 사람은 배웅하고 있는 걸까? 시에 그려진 정황이 모호해서 두 가지 해석이 모두 가능한 것으로 보인다. 김만수 교수는 "이 시는 그저 두 사람이 이별하는 장면을 묘사한 소품으로 보인다"*라고 했다. 그랬을 때 "다시금 또 보이는" 대상은 배웅하고 있는 사람일 것이고, 떠나는 사람은 두고 가는 사람이 밟혀서 자꾸만 뒤를 돌아보는 중일 테다.

두 사람이 함께 떠나는 중일 수도 있다. 높은 고개를 넘기가 힘들어 잠시 쉬었다 다시 길을 떠나는데 쉽게 발걸음이 떨어지지 않는다. 이때 "다시금 또 보이는" 대상은 두고 온 고향 정도로 해석할 수 있겠다. 그리고 두 사람은 어쩌면 부부 사이일지도 모르겠다. 함께 새로운 삶의 터전을 찾아 떠나는.

한 사람이 떠나는 장면으로 읽든 두 사람이 떠나는 장면으로 읽든 흔쾌한 마음으로 나서는 길이 아님은 분명하다. '우뚝'이라는 낱말에서 잠시 숨을 멈춰보자. 가고 싶지 않지만 그런 미련을 떨쳐 버리기 위해 '그래도 가야지' 하면서 우뚝 일어서는 장면으로 읽히지 않는가. 눈 내리는 한겨울에 높은 고갯길을 넘어 먼 길을 떠나야 했을 때는 그럴 수밖에 없는 곡진한 사연이 있었을 것이다. 그 사연이 무엇인지는 몰라도

* 김만수, 『진달래꽃 다시 읽기』, 강, 2017, 78쪽.

아득하면서도 슬픈 그림이 아닐 수 없다.

　이 시는 「바리운 몸」과 짝을 이루고 있다고 봐도 무리가 아닐 성싶다. 자기 땅을 버리고 멀고 험한 길을 가야 하는 식민지 백성의 설움을 격하지 않게, 그렇지만 마음 깊이 파고들며 아프게 찔러대는 시편들이다.

육천리는 얼마나 먼 거리인가?

— 「삭주구성」과 「해가 산마루에 저물어도」

삭주구성(朔州龜城)

물로 사흘 배 사흘

먼 삼천리

더더구나 걸어 넘는 먼 삼천리

삭주구성(朔州龜城)은 산을 넘은 육천리요

물 맞아 함빡히 젖은 제비도

가다가 비에 걸려 오노랍니다

저녁에는 높은 산

밤에 높은 산

삭주구성은 산 넘어
먼 육천리
가끔가끔 꿈에는 사오천리
가다오다 돌아오는 길이겠지요

서로 떠난 몸이길래 몸이 그리워
님을 둔 곳이길래 곳이 그리워
못 보았소 새들도 집이 그리워
남북으로 오며가며 아니합디까

들 끝에 날아가는 나는 구름은
밤쯤은 어디 바로 가 있을 텐고
삭주구성은 산 넘어
먼 육천리

삭주는 구성에서 북쪽으로 더 올라가서 압록강 아래에 있는 곳이다. 그리고 구성은 소월의 처가가 있는 곳이다. 이 시는 『개벽』1923년 10월호에 발표했다가 1925년에 발행한 시집 『진달래꽃』에 수록했다. 소월이 나고 자란 곳은 정주의 곽산이고, 구성으로 이사를 한 것은 1926년이므로 시에 나오는 지명만 가지고는 고향을 그리워하는 시라고 하기 어렵다. 멀고 험해서 가기 힘든 곳을 나타내려다 보니 고향보다 북쪽에 있는 지명을 임의로 끌어왔다고 보는 게 합리적이다. 그런데 왜 '육천리'일까? 우리나라 전체의 길이는 '삼천리'인데! 그래서 이 부분을 해석하면서 소월 특유의 과장법을 사용한 것으로 이해하는 연구자들이 많다. 그만큼 멀다는 것을 나타내려고 했다는 것이다. 가령 다음과 같은 해석을 보자.

> 이 시에서 줄곧 강조되는 것은 '삭주구성'까지의 먼 거리이다. '삼천리' 혹은 '육천리'라는 거리는 실재하는 것이 아니라 도달할 수 없는 절대적 거리감을 나타내는 것이다. 님이 있는 삭주구성에 갈 수 없다는 절망감은 그곳의 험준한 지형에 대한 구체적인 묘사로 인해 더욱 강화된다. 삭주구성까지의 거리감은 님에 대한 그리움에 비례하면서 감정의 이미지를 형상화한다.
>
> ─ 이혜원, 「김소월과 장소의 시학」, 『한국근대문학의 작가의식』, 깊은샘, 2006, 89쪽.

틀린 해석이라고 할 수는 없겠지만, '절대적 거리감'이라는 말로 뭉뚱그리는 듯한 느낌을 준다. 북한의 엄호석은 이를 달리 해석했다.

특히 「삭주구성」은 그에 지적된 지리적 조건으로서 누구나 짐작할 수 있는 바와 같이 시인 자신이 일본 도쿄에서 유학 당시 고국을 넘원하고 애모한 절실한 체험을 표현한 시라는 것을 생각할 때 이 시가 이상과 같은 강렬한 인상을 주는 것이 조금도 기이하지 않다.

— 엄호석, 『김소월론』, 조선작가동맹출판사, 1958, 222쪽.

1923년 10월이면 소월이 일본 유학을 가서 그곳에 머무르거나 아니면 귀국할 무렵이다. 관동대진재는 1923년 9월에 일어났고, 그로 인해 김소월은 유학을 중단한 채 고향으로 돌아왔다. 돌아온 시점에 대해서는 그 직후라는 설도 있고 다음 해 봄이라는 설도 있다.

소월은 일본 유학 중일 때 『신천지』 8월호에 「왕십리」 등 네 편의 시를 발표했다. 그리고 이 시는 『개벽』 10월호에 발표했으니, 그전에 이미 원고를 보냈을 테고, 시간상 일본 유학 중에 우편으로 보낸 것이 거의 확실하다. 그렇게 볼 때 엄호석이 "시인 자신이 일본 도쿄에서 유학 당시 고국을 넘원하고 애모한 절실한 체험을 표현한 시"라고 한 해석이 상당한 타당성을 지니고 있음을 알 수 있다. '육천리'라고 한 부분도 일본으로부터 거리를 따진 것이라고 보면 자연스레 이해가 되며, 맨 앞부분의 "물로 사흘"이라는 표현이 왜 나왔는지에 대한 의문도 금세 풀린다. 몸은 비록 저 멀리 일본 동경에 머물고 있지만, 한시도 고국산천을 잊지 못하고 그리워하던 소월의 마음이 잡힐 듯하다.

소월이 고국을 그리워하면서 경성도 아니고, 그렇다고 고향인 정주 곽산도 아니고, 아름답다는 평양의 대동강변도 아닌 삭주구성을 끌어들인 것은 참으로 절묘해 보인다. 그만큼 고국의 현실이 험난한 지경에 처해 있음을 은유하고 있다고 볼 수도 있기 때문이다. 소월 덕분에 우리는 단순한 지명으로서의 삭주구성이 아니라 마음 깊이 스며드는 특별한 심상지리(imagined geographies: 어떤 공간을 상상하거나 인식하는 것) 하나를 새로이 갖게 되었다.

1923년이면 소월의 시가 무르익어 절정에 달하고 있을 때다. 이 시도 소월의 시적 기교가 유감없이 발휘되어 있다. 사흘, 삼천리, 삭주구성, 산 등으로 이어지는 'ㅅ' 음의 반복 활용, 그리고 비슷한 구절의 반복을 통해 운율을 만들어가는 솜씨는 소월 특유의 것이다.

소월이 일본 유학을 떠나기 전에 쓴 시를 함께 읽어보자.

해가 산마루에 저물어도

해가 산마루에 저물어도
내게 두고는 당신 때문에 저뭅니다.

해가 산마루에 올라와도
내게 두고는 당신 때문에 밝은 아침이라고 할 것입니다.

땅이 꺼져도 하늘이 무너져도
내게 두고는 끝까지 모두다 당신 때문에 있습니다.

다시는, 나의 이러한 맘뿐은, 때가 되면,
그림자같이 당신한테로 가우리다.

오오, 나의 애인이었던 당신이여.

그냥 읽으면 사랑하는 애인을 생각하는 평범한 연시(戀詩)
로만 다가온다. 이번에는『진달래꽃』에 싣기 전에 발표했던
같은 제목의 작품을 보자.

해가 산마루에 저물어도

해가 산마루에 저물어도,
내게 두고는 당신 때문에 저물어집니다.

「여봅셔요, 그러한 내 생각일랑
내 애인이여, 두 번도 말으셔요」.

바람 불고 비조차 오는 어두운 밤이라도,
내게는 당신 때문에 아침이 밝아집니다.

「여봅셔요, 그러한 내 생각일랑
내 애인이여, 두 번도 말으셔요」.

만리타국(萬里他國) 갔다가도
때가 되면 당신한테로 오겠습니다.
여봅셔요, 나의 애인이여!
이 길로 떠나간 뒤에는 나의 족적(足跡) 같은 것은,
어떠한 사람에게라도 묻지 말아 주셔요.

「그러나, 그러나 여봅셔요,

당신은 나의 애인입니다」.

　이 시는 『개벽』 1923년 5월호에 실렸으며, 소월이 일본으로 유학을 떠나기 직전에 써서 발표한 작품이다. "만리타국(萬里他國) 갔다가도"라는 구절에 이러한 점이 분명하게 드러나 있다. 그리고 이어서 "때가 되면 당신한테로 오겠습니다"라고 말하고 있는데, 여기서 말하는 당신, 즉 애인이라고 지칭하고 있는 대상은 누구를 가리키는 것일까? 말 그대로 그냥 사랑하는 애인일 뿐일까? 화자는 자신이 떠난 뒤에 "내 생각일랑" 하지 말고 "나의 족적(足跡) 같은 것"도 "묻지 말아" 달라고 부탁한다. 내가 떠나더라도 잊지 말아 달라고 하는 게 보통 사람의 심리일 텐데, 이 시에서는 그와 달리 자신을 잊어달라고 한다. 왜 그랬을까? 식민지의 백성된 처지에서 지배자의 나라로 유학 가는 걸 부끄러워하는 심정이 담겨 있었던 게 아닐까? 그렇다면 시에 나오는 당신이나 애인은 사람을 가리키는 게 아니라 소월의 조국인 조선을 가리키는 것으로 해석하는 게 옳을 것이다. 자신을 생각하지 말라고 하면서도 마지막 연에서 '그러나'를 두 번 반복하면서 "당신은 나의 애인'이라는 사실을 명토 박아 둔 데서도 그러한 추론이 그리 잘못된 것만은 아니라는 사실을 짐작할 수 있게 한다.

처음 발표한 시와 시집에 실은 시는 큰 틀에서는 같지만, 개작을 하면서 애인과 헤어져야만 하는 구체적 정황을 빼버렸다. 개인적인 판단에는 시의 실감이 살아 있는 첫 시가 더 마음에 와 닿고, 개작한 시는 밋밋한 느낌을 준다. 소월은 발표작들을 나중에 시집에 실을 때 대부분의 작품들을 고쳤고, 결과도 좋았다. 그런데 내가 보기에 이 시만은 그렇지 않은 듯해서 아쉬운 마음이 든다. 소월은 왜 처음 발표한 시를 이렇게 고쳤을까? 시가 너무 늘어진다고 생각해서 함축미를 살리는 쪽으로 판단했을까? 검열이 존재하는 시대 상황을 고려해서 그런 것일까? 가고 없는 소월은 대답이 없다.

불안과 초조에 쫓기던 소월
—「단장 2」

단장(斷章) 2

자면서 지난밤 이상한 꿈 꾸었구려
바람벽 바른 신문의 기사 제목
'緣ノ切目ハ命ノ切目'라고 보고
잤더니(만나보면 10년 전 그 사람은
교수대 위의 죽음을 받은 이들, 사람 목숨은 하나라고)
흰 눈에 상복 입은 찬 밤도 잠자는
새벽이기는 하나, 이상한 꿈 꾸었구려. 이상한 꿈 꾸었구려

아니나 그 사람 날 죽일 걸 서로 사랑턴 사람
바람 부네, 어이아 봄바람 부네.

끔찍이나 부네.

나 그 사람이, 서로 사랑턴 사람 왜 나 죽이지 않나

나 바람소리 좋아가고 싶도다. 봄바람 좇아가고 싶도다.

꽉 믿고

살아보지 못할까, 못할는가.

내 자네를 믿고 자네 날 믿고

한세상 서로 믿어가면서 살았으면 좋겠네,

참! 나는 자네가 미더우면 좋겠네, 참

믿을 수 없겠나, 믿고 살 수 없겠나, 이제로

내 자네 하라는 대로 하겠네 자네 말대로 하겠네.

나 내 한 몸, 말하자면 이 몸뚱이 죽어 없어진 줄로 알세

오늘 저녁 며칠인가

윤이월보름 하늘이나 치어다볼까

하늘에는 별 있네, 땅에는 길 있네.

달도 밝거니와 별 밝고 길 밝다,

아하! 내 속상하네 나 어디로 갈까?

1929년에 평양의 숭실전문학교 교수이던 양주동의 주도

로(발행인은 방인근) 『문예공론』이라는 잡지가 발간되었다. 이 잡지의 창간호(1929. 5)에 소월은 「길차부」와 「저급생활(低級生活)」 두 편의 시를 기고했다. 하지만 어찌된 사연인지 「길차부」만 실리고 「저급생활(低級生活)」은 제목만 남긴 채 사라졌다. 김소월의 시뿐만 아니라 김기진의 평론 「프롤레타리아문예의 대중화」 역시 전문을 삭제당했다. 당시에는 그런 일이 흔했다. 1926년에 이상화 시인의 유명한 저항시 「빼앗긴 들에도 봄은 오는가」를 실은 『개벽』은 잡지 자체가 폐간당하기도 했다.

실기로 했던 작품의 원문이 남아 있지 않은 데다, 어떠한 이유로 삭제당했는지 밝혀 놓은 글이 없어 앞뒤 정황을 따지기는 힘들다. 잡지사 측의 실수인지, 일제의 검열에 의한 것인지 알 도리가 없으나 다음 호에도 아무런 언급이 없는 것으로 보아 검열 때문이었을 가능성이 크다.

자신의 작품이 검열에 걸려 삭제를 당했다면, 더구나 내용이 불온하다는 이유로 그랬다면 심리적 위축감이 상당했을 거라고 짐작할 수 있다. 소월은 무척 신중한 사람이어서 가능하면 검열에 걸릴 만한 꼬투리를 잡히지 않으려 했고, 발표작 중에서도 그럴 소지가 있다고 생각되는 작품은 시집을 엮을 때 빼버렸다. 소월이 문단 생활을 하는 동안 자신의 시가 삭제를 당한 것은 「저급생활」이 처음이자 마지막이었다. 그런 그가 뜻밖에도 같은 잡지 2호와 3호에 연달아 시를 발표했다. 2호에 「단장(斷章) 1」, 3호에는 「단장(斷章) 2」를 실은 것이다. 그런데 두 작품의 분위기가 묘하다.

속았다, 속았다. 나 속았다,
그 사람 날 버리고 갔네.
이렇게 속을 줄이야 내 몰랐다,
그 사람, 왜, 날 버리고 갔나?
나 못났네, 나 모르겠네, 참 모르겠네,

—「단장(斷章) 1」 3연

「단장(斷章) 1」은 날 속이고 떠난 이에 대한 원망과 함께 자신의 못남을 자책하는 분위기가 강하다. 이별을 소재로 삼은 소월의 시는 셀 수 없을 정도이지만, 속이고 떠나는 관계를 다룬 건 없다. '속았다'는 말을 연달아 세 번이나 늘어놓은 것이 앞서 말한 검열 사태를 에둘러 말한 것인지는 분명하지 않다. 그런 추측 자체가 억지일 수도 있다.

그럼에도 「단장(斷章) 2」와 연결해서 읽으면(특히 3연), 이 무렵 소월은 서로 믿지 못하는 관계에 대해 매우 낙담하고 있음을 발견할 수 있다. 이는 소월의 불안한 심리를 반영하고 있다고 볼 수 있으며, 무엇엔가 쫓기는 듯한 초조함과 강박까지 느낄 수 있다. 1연에서 비록 꿈속의 일이라고는 하나 "교수대 위의 죽음을 받은 이들"을 등장시킨다든지 2연에서 "그 사람 날 죽일 걸"이라는 표현을 쓰는 걸 보면 의식의 분열이 상당히 심각한 상태에 놓여 있었다고 하겠다. 더구나 시 안에 일어(日語)로 된 구문('인연이 끊어질 때 생명도 끊어진다'는 뜻)을 넣은 것은 소월답지 않은 모습이다. 검열에 걸렸던 일이 그런 심리 상태를 불러왔을까? 인과관계는 확정할 수 없으나, 이후로 몇 년간 소월은 새로운 작품을 거의 발표하지 않고 침묵 상태로 들어간다. 세상을 뜨던 해인 1934년에 갑작스레 다수의 작품을 발표하기 전까지 이루어진 작품 발표 상황은 다음과 같다.

- 1930년: 발표작 없음.
- 1931년: 『신여성』에 「고독」과 「드리는 노래」 2편 발표.
- 1932년: 발표작 없음.
- 1933년: 기존의 작품 「진달래꽃」과 「산」 2편 『삼천리』에 재발표. 「신앙」을 『신여성』에 발표.

연구자 중에는 소월이 장기간 우울증이나 불안증세에 시달리고 있었을 거라고 하는 사람들도 있다.* 어릴 적에 아버지가 일본인들에게 맞아 정신이상을 보인 모습을 보며 자라야 했던 환경부터 시작해 이후에 소월이 겪어야 했던 좌절감을 따라가다 보면 충분히 그럴 수도 있겠다는 생각이 든다. 술에 절어 살던 시절에는 그런 증세가 더욱 심해졌을 수도 있고, 그런 심리가 이 작품에 스며들어 있는 게 아닌가 싶다. "그 사람 날 죽일 걸"이나 "서로 사랑턴 사람 왜 나 죽이지 않나" 같은 구절은 강박관념에 시달리는 모습을 보여준다. 그러면서 "내 자네 하라는 대로 하겠네 자네 말대로 하겠네./ 나 내 한 몸, 말하자면 이 몸뚱이 죽어 없어진 줄로 알세"라고 하는 구절에 이르면 더 이상 세상에 맞설 수 있는 힘을 잃고 자포자기의 심정에 다다랐구나 하는 생각을 하게 된다. 이 시를 쓸 무렵(1929년)에 이미 소월은 세상에 대한 극도의 환멸을 느끼고 있었던 게 아닐까? "아하! 내 속상하네 나 어디로 갈까?"라는 마지막 구절은 누군가 자신을 구원해 주기를 바라는 호소로 읽힌다. 하지만 그런 호소를 들어주거나 불안을

---

* "소월이 겪은 심리적 상처의 정도와 종류를 단언하기는 힘들지만, 평생 우울증과 불안에 시달렸을 것이라는 점은 시를 읽어가다 보면 자연스레 깨닫게 된다."(김만수, 『진달래꽃 다시 읽기』, 강, 2017, 25쪽)

해소해 줄 이가 소월의 곁에는 없었다. 불행한 결말을 향해 가는 소월의 발걸음이 얼마나 무겁고 힘겨웠을까?

소월의 정치의식이 담긴 시
— 「인종」

인종(忍從)

우리는 아기들, 어버이 없는 아기를
누가 너희들만을 다려, 부르라더냐
즐거운 노래, 용감(勇敢)한 노래만을
너희는 안즉 자라지 못했다, 철없는 고아(孤兒)들이다.

철없는 고아(孤兒)들 — 어디서 배웠느냐
"オレハ河原—枯ススキ"* 혹은,
철없는 고아(孤兒)들, 부르기는 하지만,

* '나는 냇가의 마른 갈대'라는 뜻으로, 당시에 일본에서 널리 불리던 유행가의 가사이다.

"배달나라 건아(建兒)야 나아가서 싸워라"

안즉 어린 고아(孤兒)들 ― 너희는 주으린다,

학대(虐待)와 빈곤(貧困)에 너희들은 운다.

어쩌면 너희들에게 즐거운 노래 있을소냐?

억지로 "나아가 싸워라, 나아가 싸워라, 즐거워하라"

이는 억지다.

사람은 슬픈 제 슬픈 노래 부르고,

지금은 슬픈 노래 불러도 죄는 없지만,

즐거운 즐거운 노래 부른다.

우리 노래는 가장 슬프다.

우리는 괴로우니 슬픈 노래 부르자,

슬픔을 누가 불건전하다고 말을 하느냐.

좋은 슬픔은 인종(忍從)이다.

우리는 괴로워 슬픈 노래 부르자.

그러나 조선(祖先)의 슬퍼도 즐거워도, 우리의 노래에 건전

하고

사뭇 우리의 정신(精神)이 있고

그 정신(精神) 가운데서야 우리 생존(生存)의 의의(意義)가 있어

슬프니 우리 노래는 "나아가 싸워라"가

우리에게 있을 법한 노랜가,

가장 슬프다. 부질없는 선동은 우리에게 독이다.

우리는 어버이 없는 아기어든.

한갓 술에 취한 쓰라림의

되지 못할 억지요, 제가 저를 상하는 몸부림이다.

그러하다고, 하마한들, 어버이 없는 우리 고아(孤兒)들

"オレハ河原─枯ススキ"지 마라.

이러한 노래 부를 우리에게는

최선(最善)의 반항(反抗)이다, 안즉 우리는

우리 조선(祖先)의 노래 있고야.

거지 마음은 아니 가졌다.

다만 모든 치욕(恥辱)을 참으라, 굶어 죽지 않는다.

인종(忍從)은 가장 덕(德)이다.

힘을 기를 뿐

오직 배워서 알고 보자.

우리가 어른 되는 쯤에는

자연(自然)히 수양(修養)을 쌓게 되고

싸우면 이길 줄 안다.

이 시는 소월이 『동아일보』 구성지국 구독자 대상 용지에 적어 놓았던 것을 발굴한 유고시다. 발굴 경위는 이렇다.

　　1977년 8월 중순에 장모 씨가 자신이 수집했다는 문서더미를 들고 문학사상사 자료조사연구실을 찾았다. 그곳에 근무하던 김종욱 씨가 면밀히 조사한 끝에 김소월이 자필로 기록해 놓은 원고 뭉치들임을 확인하고, 어지럽게 쓰여 있는 원고들을 정리하고 복원해서 그해 11월 『문학사상』에 발표했다. 장모 씨가 어떻게 이 원고들을 입수하게 되었는지는 모르나 소월이 세상을 떠난 지 40년이 훌쩍 넘은 뒤에 유고를 발견했다는 건 기적과 같은 일이었다.

　　소월의 자필 기록 중에는 이미 발표한 작품도 있었지만 상당수는 발표하지 않은 작품으로, 초고 형태의 것들이 많았다. 그리고 이미 쓴 글에 줄을 그어 지운 다음 다시 쓰고 고친 흔적이 많았다. 「인종(忍從)」 역시 초고 형태의 작품으로 완성도는 떨어지지만, 소월이 식민지 시대를 어떻게 인식하고 있었으며, 정치의식은 어떠했는지를 알 수 있게 해주는 중요한 작품이다.

　　소월이 정주에서 다닌 오산학교는 도산 안창호 선생의 강연을 듣고 감명을 받은 이승훈 선생이 민족교육의 산실을 만들겠다는 의지를 담아 사재를 털어 세운 학교이다. 김소월은 오산학교에 다니는 동안 설립자 이승훈과 당시 교장을 맡고 있던 조만식 같은 민족지도자의 사상에 영향을 받았다. 일제 강점기의 독립운동 흐름 중에서 안창호, 이승훈, 조만식으로 이어지는 흐름은 무장투쟁과 같은 직접 대결보다는 교육과 계몽을 통한 실력양성론에 기울어 있었다.

이 시에 나오는 것처럼 소월 역시 그러한 생각의 바탕 위에 있었음을 알 수 있다. 3·1운동 당시에 오산학교에 다니던 소월도 만세운동에 적극 참여했다는 증언이 있으나, 소월은 기질상 행동파라고 하기는 어려웠다. 그리고 1920년대에 유행한 마르크스주의나 계급사상에 관심을 가졌던 흔적도 보이지 않는다. 계급투쟁과 경향문학을 앞세운 카프에 참여하지 않은 것도 그래서일 것이다.

시의 마지막 부분에 나오는 "인종(忍從)은 가장 덕(德)이다./힘을 기를 뿐/오직 배워서 알고 보자./우리가 어른 되는 쯤에는/자연(自然)히 수양(修養)을 쌓게 되고/싸우면 이길 줄 안다"는 구절에 이 시의 모든 것이 담겨 있다. 말 그대로 실력을 쌓는 것이 우선이라는 얘기다. 그에 앞서 소월은 몇 가지 중요한 얘기를 하고 있다. 먼저, 슬플 때는 슬픈 노래를 불러야 하며, 우리의 노래는 슬프지만 불건전하지 않다고 말한다. 그러면서 "좋은 슬픔"이라는 말을 쓴다. 억지로 거짓 감정을 만들려고 하지 말라는 얘기다. 그런 다음 우리에게 아직 남은 노래, 즉 '조선(祖先)*의 노래'에는 "우리의 정신(精神)"과 "생존(生存)의 의의(意義)"가 담겨 있다고 말한다. 한편으로 보면 소극적일 수 있으나 치욕을 참을 수밖에 없는 현실을 냉정하게 인식하고 있음을 알 수 있다. 김억이 소월을 일러 이지적이라고 한 것은 소월의 평소 언행을 통해 이러한 성향을 알고 있었기 때문이 아닐까 싶다.

치욕을 감내한다는 것은 쉬운 일이 아니다. 소월 역시 수많은 치욕을 당해야 했으며, 그럴 때마다 술로 그러한 치욕을 이겨내려 했다. 시와 노래의 힘을 믿기는 했으나, 현실은 생각보다 포악해서 이와 같은 작품조차 발표하기 어려웠다. 그리고 그 절망의 끝에서 소월은 자신의 목숨을 내려놓고 말았다.

---

* 친필 유고에 '朝鮮'이 아니라 '祖先'이라고 적혀 있다. '祖先'은 '先祖'와 통하는 말이다.

조만식 선생을 그리며

—「제이, 엠, 에쓰」와 「깊고 깊은 언약」

제이, 엠, 에쓰

평양서 나신 인격의 그 당신님 제이, 엠, 에쓰,
덕 없는 나를 미워하시고
재조(才操) 있던 나를 사랑하셨다,
오산(五山) 계시던 제이, 엠, 에쓰
십년 봄 만에 오늘 아침 생각난다

근년 처음 꿈 없이 자고 일어나며,
얽은 얼굴에 자그만 키와 여윈 몸매는
달은 쇠끝 같은 지조가 튀어날 듯
타듯하는 눈동자만이 유난히 빛나셨다.

민족을 위하여는 더도 모르시는 열정의 그 님,

소박한 풍채, 인자하신 옛날의 그 모양대로,

그러나, 아— 술과 계집과 이욕(利慾)에 헝클어져

십오년에 허주한 나를

웬일로 그 당신님

맘속으로 찾으시오? 오늘 아침.

아름답다, 큰 사랑은 죽는 법 없어,

기억되어 항상 내 가슴속에 숨어 있어,

미쳐 거츠르는 내 양심을 잠재우리,

내가 괴로운 이 세상 떠날 때까지.

시에 나오는 '제이, 엠, 에쓰'는 조만식의 이니셜이다. 그렇다면 조만식은 누구인가? 독립운동가이자 민족주의자였다. 그리고 소월이 오산학교에 다닐 무렵 교장을 맡고 있었다. 조만식은 교장이라는 직책과 더불어 기숙사 사감까지 맡아 스물네 시간을 학교 안에서 학생들과 함께 생활했다. 5척 단구에 머리는 박박 깎은 데다 갓을 쓰고 두루마기를 입은 조만식 선생은 학생들과 똑같은 규율을 지켜가며 생활했다. 권위를 내세우기보다는 학생들 스스로 자치 역량을 키워가도록

했다. 그와 함께 국산품 애용 운동 등을 펼치며 학생들에게 민족의식을 심어주었다. 소월이 기숙사 생활을 했으므로 그런 조만식 선생을 가까이에서 접하고 존경했으리란 건 충분히 짐작할 수 있는 일이다.

소월과 조만식 선생 사이에 있었던 일화는 전하는 게 없다. 그런데 소월이 죽기 얼마 전에 조만식 선생에게 바치는 헌시(獻詩)를 지어 발표했다. 그런데 왜 조만식인가? 오산학교의 설립자는 이승훈이다. 이승훈은 장사로 큰돈을 번 상인이었는데, 안창호 선생의 연설을 듣고 감화를 받아 오산학교를 세웠다. 지금으로 치자면 사립학교 이사장인 셈이다. 이승훈이 오산학교에 바친 열정은 조만식 선생 못지않았으며, 감동 섞인 수많은 일화가 전한다. 그럼에도 소월은 이승훈이 아닌 조만식을 향한 시를 지어 바쳤다. 아무래도 이승훈이 이사장이라는 직책 때문에 직접 교육활동에 참여하지 않은 반면 조만식은 학생들과 직접 부대끼는 일이 많았기 때문이 아닐까?

소월이 이 시를 써서 발표한 시점(『삼천리』 53호, 1934년 8월에 발표)은 죽기 얼마 전으로, 자신의 삶이 한창 피폐해져 있을 때다. 그러면서 한편으로는 어떻게든 재생의 기운을 마련해보려고 애쓰던 때이기도 하다. 그러한 시점에 떠올린 사람이

"민족을 위하여는 더도 모르시는 열정의 그 님"인 조만식 선생이다. 그런 반면 자신은 "술과 계집과 이욕(利慾)에 헝클어져 / 십오년"을 허비한 못난이다. 그러므로 이 시는 조만식 선생에게 바치는 헌시이자 자신이 잘못 살아온 삶에 대한 반성문이다. 당시에 소월이 얼마나 괴로운 심사에 시달렸으며, 그럼에도 조만식 선생으로부터 배운 민족에 대한 사랑을 잊지 않으려고 얼마나 애썼는지를 여실히 보여주는 작품이다. 소월이 단지 연시에만 매달린 시인이 아니었음을 이 시를 통해서도 알 수 있다.

조만식 선생에 대한 존경의 마음이 죽기 직전에 갑자기 찾아든 건 아닐 것이다. 그래서 나는 소월의 시에 나오는 많은 님들이 어쩌면 조만식 선생을 염두에 둔 것일지도 모르겠다는 생각을 한다.

그러나 내 님이어! 밤은 어둡구요 찬바람도 불겠지요. 닭은 울었어도 여태도록 빛나는 새벽은 오지 않겠지요. 오오 제 몸에 힘 되시는 내 그리운 님이어! 외롭고 힘없는 저를 부둥켜안으시고 영원히 당신의 믿음성스러운 그 품속에서 저를 잠들게 하여 주셔요.

— 「꿈자리」 부분

인용한 시의 화자는 여성으로 설정되어 있으며, 소월의 시에 여성 화자가 등장하는 건 흔한 일이다. 그럼에도 시에 서술된 구절들이 단순히 연인에게 의지하고자 하는 마음을 나타낸 것으로만 읽히지는 않는다. 어두운 밤과 찬바람, 빛나는 새벽을 시대에 대한 은유로 읽는다면 지나친 견강부회일까? 하지만 나는 "믿음성스러운 그 품"을 조만식 선생의 품으로 읽고 싶은 유혹을 떨쳐버릴 수 없다. 특히 "제 몸에 힘 되시는 내 그리운 님"이라는 구절은 그러한 생각을 더욱 굳혀준다. 연인 사이에도 힘이 되어준다는 표현을 쓸 수는 있겠지만, 믿고 따를 만한 존경하는 사람을 향해서 하는 말이라고 보는 게 더 자연스럽다.

다음 시를 읽으면서도 나는 조만식 선생을 떠올렸다.

깊고 깊은 언약

몹쓸은 꿈을 깨어 돌아 누울 때,
봄이 와서 멧나물 돋아나올 때,
아름다운 젊은이 앞을 지날 때,
잊어버렸던 듯이 저도 모르게,
얼결에 생각나는 「깊고 깊은 언약」

시에서 말하는 "깊고 깊은 언약"이 누구하고 맺은 언약인지 알 길은 없다. 그러나 연인 사이의 언약은 아닐 거라는 생각이 든다. 시에 나오는 "몹쓸은 꿈"은 어떤 내용의 꿈인지 모르겠으나 그만큼 김소월의 고뇌가 깊었다는 반증일 수 있다. 그리고 그 고뇌가 남녀 사이에서 오는 것은 아니라고 보인다. 이 시에서 내가 주목하는 부분은 "아름다운 젊은이 앞을 지날 때"라는 구절이다. 왜 하필 젊은이 앞을 지날 때 잊고 있던 예전의 언약이 생각났을까? 혹시 오산학교 시절을 생각한 것은 아니었을까? 그곳에서 스승이 해주던 말, 그리고 그에 응답했던 말을 떠올렸던 게 아닐까? 생각은 자꾸 그쪽으로 달려간다.

이 시 말고도 비슷하게 해석할 수 있는 여지를 지니고 있는 작품들이 여럿이다. 하지만 소월의 시 대부분이 그렇듯 구체적인 대상을 직접 지칭하고 있는 작품은 드물다. 그래서 시에 등장하는 님이나 당신을 조만식과 성급히 연결 짓는 것은 무리일 수도 있다. 다만 소월이 생산한 수많은 연시를 단순한 연시로만 해석해서는 안 된다는 것 또한 분명하다.

압록강 철교 위에 서 있는 시인

—「봄과 봄밤과 봄비」

봄과 봄밤과 봄비

주임선생 얼굴이 내 눈에 환하다.

보통학교 3학년 오대강(五大江)의 이름 외던 지리시간,

한강, 대동강, 두만강, 낙동강, 압록강,

오늘 밤, 봄밤, 비오는 밤, 비가

햇듯햇듯 보슬보슬 회친회친, 아주 가엾게 귀엽게

비가 내린다, 비오는 봄밤,

비야말로, 세상을 모르고,

가난하고 불쌍한 나의 가슴에도 와주는가?

무쇠다리 위에도, 무쇠다리를 스를 듯, 비가 온다.

등불이 밝은 것은, 자동차라

이곳은 국경, 조선은 신의주, 압록강 철교,

철교 위에 나는 섰다. 분명치 못하게? 분명하게?

조선(朝鮮), 생명된 고민이여!

우러러보라, 하늘은 까맣고 아득하다,

멀리 소음과…… 냄새와

조선인, 일본인, 중국인, 몇 명이나 될꼬……

지나간다, 지나를 간다, 돈 있는 사람, 또는 끼니조차 번드린 사람,

사람이라 어물거리는 다리 위에는 전등이 밝고나.

다리 아래는 그늘도 깊게 번득거리며 푸른 물결이, 흐른다, 굽이치며, 얼씬얼씬.

이 시 역시 소월의 유고 뭉치에서 발견한 작품이다. 소월의 유고시들은 소월 시의 영역을 넓히는 데 중요한 자료가 되고 있다. 소월이 민족의식과 일제에 대한 저항의식을 지니고 있었음은 널리 알려진 사실이지만 유고작들을 통해 그런 점을 더욱 분명하게 확인할 수 있었기 때문이다. 지면에는 차마 발표할 수 없었던 시들을 소월은 홀로 적고 있었다. 시인에게 창작과 표현의 자유는 무엇보다 소중하지만 식민지라

는 시대 상황은 그런 자유를 허용하지 않았다. 소월 역시 그런 부자유 때문에 괴로웠을 것이고, 그럼에도 빼앗긴 조선 산천에 대한 그리움까지 억누르기는 힘들었을 것이다.

소월이 지면에 발표한 작품에서는 '조선(朝鮮)'이라는 낱말이 「팔베개 노래調」에 "조선의 강산아"라는 구절에 딱 한 번 나온다. 그것도 영변에서 만난 채란이라는 기생이 부르던 것을 채록한 것이라고 밝히고 있으니, 소월의 온전한 창작이 아닐 수도 있다. 아무리 식민지 시대라 해도 '조선'이라는 말 자체가 금기어는 아니었다. 1924년에 변영로가 『조선의 마음』이라는 제목의 시집을, 1932년에 양주동이 『조선의 맥박』이라는 제목의 시집을 냈다. 그러니 소월이라고 해서 '조선'이라는 낱말을 쓰지 못할 이유는 없다. 그런데 왜 안 썼을까? 조심스러운 태도 때문일 수도 있겠고, 대상을 직접 지칭하기보다는 '님'이나 '당신' 같은 말로 에둘러 표현하는 게 더 시적이라고 생각해서 그랬을 수도 있겠다.

그랬던 소월이 남긴 유고에서는 '조선'이라는 낱말이 여러 작품에서 발견된다.

못 잊혀 그리운 너의 품속이어—,
못 잊히고, 못 잊혀 그립길래 내가 괴로워하는 조선(朝鮮)

이여

—「마음의 눈물」부분

돌고 돌아, 다시 이곳, 조선 사람에

한 사람인 나의 염통을 불어준다.

오— 바람아, 봄바람아, 봄에 봄에

—「봄바람」부분

나는 조선인(朝鮮人), 자네는 너무도 알고 모르는 것도 같고,

다시금 자네는 조선 산천(朝鮮山川)을 집 삼아 떠도는 바람이

므로.

경성(京城), 평양(平壤)! 그렇다, 조선(朝鮮)의 아무데나

산과 물, 나무와 풀과 도시와 촌락,

아무런 것이나 조선(朝鮮)이거든, 가는 곳마다

바람아 물어보라, 그대 말을, 조선(朝鮮)이라는 조선(朝鮮)의

넋에다가.

—「무제」부분

마지막에 인용한 시에서는 자신을 '조선인'이라고 확실하게 명명하고 "조선(朝鮮)의 넋"이라는 말까지 끌어들였다. 식

민지 시대의 지식인이자 시인으로서 소월이 조선을 얼마나 마음 깊이 담아두고 있었는지 알 수 있게 해주는 구절들이다. 소월이 3·1만세운동 참여 외에 독립운동에 가담하거나 독립운동을 하는 이들과 관계를 맺은 흔적은 없다. 그렇다고 해서 소월이 일제의 식민지배를 용인하거나 체제에 순응만 하고 산 건 아니다. 소월은 1922년 『개벽』에 단편소설 「함박눈」을 발표했다. 원순이라는 청년의 누나가, 일본 경찰에 쫓겨 상해로 독립운동을 하러 간 남편을 찾아간다는 간단한 줄거리를 담고 있는 작품이다. 자신은 직접 행동에 나서지 못하지만 나라 밖에서 독립운동하는 이들을 응원하고 그들에게 부채의식을 지니고 있었음을 엿볼 수 있다.

「봄과 봄밤과 봄비」 앞부분에서 화자는 보통학교 3학년 지리시간에 우리나라 오대강의 이름을 외던 기억을 떠올린다. 다른 시간이 아닌 조선의 지리를 배우던 시간을 떠올렸다는 데서 이미 화자의 마음이 어디에 가 있는지를 알게 해준다. 이어서 화자를 중국 땅과 연결된 압록강 철교 위로 데려간다. 철교 위에 선 화자는 이대로 국경을 넘어갈 것인가, 말 것인가 망설인다. "분명치 못하게? 분명하게?"라는 구절이 이러지도 못하고 저러지도 못하는 갈등과 고뇌를 그대로 보여준다. "조선(朝鮮), 생명된 고민"을 안고 살아갔던, 봄밤에

내리는 봄비를 맞으며 하염없이 걸어가는 소월의 뒷모습이
보이는 듯하다.

소월을 쫓아내려던 무리들
—「무제」

무제(無題)

무슨 탓에 이다지
못살게 구오
가라니 내가 아니 가지 못겠소.
뒷동산 밀벌이 꿀을 모둡고,
앞내에 기른 고기 뛰놀읍니다.
나더러 어디로 가라 합니까?
이다지 왜 이다지 쫓아내려오?

흘러서 떠 흘러서
아무데라도

발길 돌아가는 대로

가라 이 길 안 가고 못 견디겠소.

내가 갈아놓은 땅이겠지요.

내 가서 심어 놓은 남기겠지요.*

이 땅 위에 자라는 풀을 못 보고,

이에서 영그는 씨를 못 보고

무슨 탓에 간다는 말이 됩니까?

고지고지, 삼천리 강 장변에도

떠가는 저 기러기

알을 까두고

새끼를 치지 못하고 가노랍니다.

이 시는 소월 사후에 발굴된 작품으로,『동아일보』구성지국 구독자 대장에 적혀 있었다. 제목도 없고 초고 상태이긴 하지만, 함께 발굴된 다른 작품들에 비하면 상당히 완결성을 갖춘 편이다. 특히 구성으로 삶의 터전을 옮긴 후에 소월이 얼마나 힘겨운 시간을 보냈는지 알 수 있게 해주는 중요한 작품이다. 여러 기록을 통해 구성 이주 이후에 소월이 경제적

---

* '나무겠지요'의 뜻.

으로 고통을 받았고, 일본 경찰로부터도 감시를 받았다는 건 잘 알려져 있다. 그런 힘든 상황을 소월의 시를 통해 직접 확인할 수 있는 셈이다.

그 무렵 소월은 아내에게 만주로 가면 어떻겠느냐는 이야기를 종종 했다고 한다. 그만큼 막다른 길로 내몰리고 있었다는 얘기다. 어느 정도 심각한 상태였는지를 알 수 있게 해주는 자료가 북한 김영희 기자의 기록이다.

1932년 수리조합이 생기면서 전국 도처에서 사람들이 고용되어 왔다. 그중 많은 사람들이 시인과 친교를 맺었는데 오늘 이 마을에 있는 차성관 씨도 그중의 한 사람이었다. 이렇게 되니 주재소와 그의 끄나풀들의 감시는 더욱 심해 갔다. 면주재소는 수로 계획도에 시인의 집을 그려 넣고 집을 몽땅 헐어버리려고까지 하였다. 의분을 참지 못한 그는 시로 그 아픔을 노래했던 것이다.

이런 상황에서 소월은 더 이상 버틸 힘이 없다고 생각했을 법하다. 그런 고통스러운 심사가 이 작품에 고스란히 들어가 있다. "나더러 어디로 가라 합니까? / 이다지 왜 이다지 쫓아내려오?"라는 구절은 하소연을 넘어 절규에 가깝다. 쫓아내려는 주체가 누구인지 직접 드러나 있지는 않지만, 고향 어른들이나 마을 사람들이 아님은 분명하다. 그건 마지막 구절에 나오는 기러기를 통해서도 알 수 있다. "알을 까두고 / 새끼를 치지 못하고" "삼천리 강 장변"을 떠나가야 하는 기러기에 자신의 신세를 빗댄 부분은 시적 효과도 탁월하거니와 소월이 조선 땅을 버릴 생각까지 해야만 했던 처지에 이르면 비감한 마음을 누를 길이 없다.

끝내 조선 땅을 버릴 수 없었던 소월은 대신 자신의 목숨을 내놓았다. 기러기가 자신이 낳은 알에서 새끼가 부화하는 걸 보지 못하고 가듯이, 소월 역시 마지막 혈육을 아내의 뱃속에 남겨 둔 채로 갔다. 지독하게도 서러운 아이러니가 아닐 수 없다. 소월을 죽음으로 내몬 극악한 시대를 탓해 본들 소월의 육신은 진작 땅에 묻히고 말았다. 생전에 남긴 시 구절처럼 "불러도 주인 없는 이름"으로 남은 김소월! 그의 절명시나 다름없는 이 작품을 앞에 두고 우리는 다만 비통에 잠길 뿐이다.

제4부

다른 시인의 시와
겹쳐 읽기

「삼수갑산」과 김억의 시

삼수갑산(三水甲山)
─ 차안서 삼수갑산운(次岸曙 三水甲山韻)

三水甲山 내 왜 왔노 三水甲山이 어디뇨

오고 나니 기험(奇險)타 아하 물도 많고 산 첩첩이라 아하하

내 고향을 도루 가자 내 고향을 내 못 가네

三水甲山 멀드라 아하 촉도지난(蜀道之難)이 예로구나 아하하

三水甲山 어디뇨 내가 오고 내 못 가네

불귀(不歸)로다 내 고향 아하 새가 되면 떠가리라 아하하

님 계신 곳 내 고향을 내 못 가네 내 못 가네

오다 가다 야속타 아하 三水甲山이 날 가두었네 아하하

내 고향을 가고지고 오호 三水甲山 날 가두었네

불귀(不歸)로다 내 몸이야 아하 三水甲山 못 벗어난다 아하하

소월은 자신의 스승 김억과 한동안 불편한 관계로 지냈다. 그렇게 된 원인을 둘 다 밝힌 적이 없지만, 상당 기간 서로 연락조차 안 했던 건 분명하다. 추측컨대, 김억이 소월의 시에 대한 평을 하면서 "시혼(詩魂)이 얕다"고 한 것에 대해 반박하는 내용의 평론 「시혼(詩魂)」을 발표한 게 주된 원인이었을 것이다.

그러다가 김억이 한시들을 번역해서 펴낸 시집 『망우초(忘憂草)』를 소월에게 보내주고, 이에 대해 고마움을 표시하는 내용의 답신을 소월이 보낸다. 둘이 편지를 주고받은 것은 소월이 죽던 해이니, 다행히 생전에 화해를 한 셈이다. 소월이 보낸 편지는 나중에 김억이 공개를 했는데, 편지 안에 그 무렵 소월의 생활과 괴로운 심정이 잘 드러나 있다.

제가 구성 와서 명년(明年)이면 십년이옵니다. 십년도 이럭저

제4부 다른 시인의 시와 겹쳐 읽기

럭 짧은 세월이 아닌 모양이옵니다. 산촌(山村) 와서 십년 있는 동안에 산천은 별로 변함이 없어 보여도 인사(人事)는 아주 글러진 듯하옵니다. 세기(世紀)는 저를 버리고 혼자 앞서서 달아간 것 같사옵니다. 독서도 아니 하고 습작도 아니 하고 사업도 아니 하고 그저 다시 잡기 힘드는 돈만 좀 놓아 보낸 모양이옵니다. 인제는 또 돈이 없으니 무엇을 하여야 좋겠느냐 하옵니다.

구성에서 지낸 시절을 돌이키며 회한(悔恨)을 토로하는 구절들이 눈에 밟힌다. "세기(世紀)는 저를 버리고 혼자 앞서서 달아간 것 같"다는 말에서 홀로 외딴 곳에 떨어져서 자신의 존재가 잊혀가는 것에 대한 절망감도 엿볼 수 있다. 아울러 가난에 처한 자신의 처지를 한탄하는 내용을 담기도 했다. 그러면서 김억이 1934년 8월 『삼천리』에 발표한 「三水甲山(삼수갑산)」의 운을 빌어 지은 시를 편지 속에 함께 적어 보냈다.(편지에 써서 보낸 이 시는 그해 11월에 『신인문학』이라는 잡지에도 발표했다.)

삼수(三水)와 갑산(甲山)은 모두 함경도에 있는 깊은 산골마을로, 예로부터 지형이 험해서 죄인들에게 귀양살이를 보내던 곳으로 유명하다. 한번 가면 나오기 어렵다고 해서 '삼수갑산에 가는 한이 있어도'라는 속담을 만들어 쓸 정도였다.

두 작품을 서로 비교해 보자.

三水甲山(삼수갑산)

김억

三水甲山 보고지고 三水甲山 어디메냐,

三水甲山 아득타 아하 산은 첩첩 흰 구름만 쌓인 곳

三水甲山 가고지고 三水甲山 내 못 가네,

三水甲山 길 멀다 아하 배로 사흘 물로 사흘 길 멀다.

三水甲山 어디메냐, 三水甲山 내 못 가네

불귀불귀(不歸不歸) 이내 맘 아하 새드라면 날아 날아가련만.

三水甲山 내 고향을 내 못 가네, 내 못 가네,

오락가락 무심타 아하 삼수갑산 그립다고 가는 꿈

삼수갑산 먼먼 길을 가고지고 내 못 가네

불귀불귀(不歸不歸) 이내 맘 아하 삼수갑산 내 못 가는 이 심사

(心思)

　　김억은 "삼수갑산 보고지고", "삼수갑산 가고지고"라는 표현에서 보듯 삼수갑산을 그리워하는 심정을 노래하고 있다. 삼수갑산이 비록 멀고 험한 곳이긴 하지만 자신을 품어줄 고향과 같은 낭만적인 장소로 설정해 놓고 있다. 그에 반해 소월이 그려 놓은 삼수갑산은 고향과 대척점을 지닌 곳으로 나타난다. 어쩔 수 없이 삼수갑산에 들어와서 떠나온 고향을 그리워하는 내용이다. 첫 연의 "三水甲山 내 왜 왔노"에 나타난 후회의 감정과 마지막 연에 나온 "내 고향을 가고지고 오호 三水甲山 날 가두었네"에서 보듯, 소월의 삼수갑산은 고향을 떠나 험한 산골에 갇힌 데서 오는 절망과 탄식을 나타내는 곳이다. 참고로 시에 나오는 촉도지난(蜀道之難)은 당나라 시인 이백의 시에서 빌려온 것으로, 촉의 땅으로 가는 길이 매우 험했다고 해서 생긴 말이다.

　　한편 김억의 「삼수갑산」은 김소월이 이미 발표한 시의 구절들을 차용한 흔적이 강하다. 2연의 "배로 사흘 물로 사흘 길 멀다"라는 구절은 소월의 시 「삭주구성」첫 행에 나오는 "물로 사흘 배로 사흘"에서 배와 물의 순서만 바꾸었다. 뿐만 아니라 다른 시 「산」에서 소월이 쓴 '불귀(不歸)'와 '삼수갑산'

을 그대로 가져왔다. 「산」의 3연은 다음과 같다.

불귀(不歸), 불귀, 다시 불귀,

삼수갑산에 다시 불귀.

사나이 속이라 잊으련만,

십오 년 정분을 못 잊겠네

—「산」의 3연

　전체 내용으로 보면 서로 다른 작품이 분명하지만 '불귀(不歸)'의 반복과 '삼수갑산'이라는 지명이 그대로 나타나고 있는 것을 볼 때 김억이 소월의 시에 나온 대목에서 발상을 따온 작품임은 분명하다. 이 밖에도 김억의 시에서는 소월의 시에서 가져온 구절들이 종종 발견된다. 당시에는 지금과 같은 표절이라는 개념이 없었을 테고, 서로 영향을 주고받는 것을 그럴 수 있는 일이라고 여겼을 수도 있지만, 스승이 제자의 글을 가져다 쓰곤 했던 사실을 어떻게 보아야 할지 조금은 민망한 마음이 드는 게 사실이다.

「원앙침」과 임제·한우의 시

원앙침(鴛鴦枕)

바드득 이를 갈고
죽어 볼까요
창(窓)가에 아롱아롱
달이 비친다.

눈물은 새우잠의
팔굽베개요
봄꿩은 잠이 없어
밤에 와 운다.

두동달이베개는
어디 갔는고
언제는 둘이 자던 베갯머리에
죽자 사자 언약도 하여 보았지.

봄메의 멧기슭에
우는 접동도
내 사랑 내 사랑
조히 울것다.

두동달이베개는
어디 갔는고
창(窓)가에 아롱아롱
달이 비친다.

    조선 중기의 문인이자 풍류객인 백호(白湖) 임제(林悌)가 평
양에 머무를 때 한우(寒雨)라는 기녀(妓女)가 가야금을 잘 타
고 시도 잘 짓는다는 말을 들었다. 하루는 임제가 한우를 찾
아가 다음과 같은 시조 한 수를 던지며 넌지시 마음을 떠보
았다.

북천(北天)이 맑다커늘 우장(雨裝) 없이 길을 나니

산에는 눈이 오고, 들에는 찬비로다.

오늘은 찬비 맞았으니 얼어 잘까 하노라.

'찬비'는 기녀 한우(寒雨)를 빗댄 말이다. 그리고 '얼어'는 '얼다(凍)'와 남녀가 서로 교접을 한다는 두 가지 의미를 담고 있다. 속된 말로, 당신과 하룻밤 자고 싶다는 의사를 비친 것이다. 한우라는 기녀도 만만치 않았던 터라 역시 시조로 화답을 했다.

어이 얼어 자리 무슨 일 얼어 자리.

원앙침 비취금을 어디 주고 얼어 자리.

오늘은 찬비 맞았으니 녹아 잘까 하노라.

이렇게 시조를 주고받은 두 사람은 그날 밤 함께 잠자리에 들었다고 하며, 두 사람이 주고받은 시조를 「한우가(寒雨歌)」라고 한다.

소월은 임제와 한우가 주고받은 「한우가」를 알고 있었을까? 확인할 길은 없으나 워낙 유명한 작품인 데다, 소월의 고향에서 멀지 않은 평양을 배경으로 이루어진 작품이니 충분히 접했을 가능성이 있지 않았을까 싶다. 한우의 답가에 나오는 '원앙침'과 소월의 '원앙침'은 소재만 같을 뿐 내용은 조금 거리가 있어 보인다. 그럼에도 한우가 임제와 원앙침을 한데 베고 잤던 사연을 시로 변형시켰을 가능성도 배제할 수 없다. 소월의 시에 옛이야기에서 소재를 끌어온 것이 많거니와 한시를 번안한 작품도 여러 편이라는 점이 그러한 심증을 갖게 한다.

이번에는 임제가 지은 유명한 한시(漢詩) 한 편을 더 보자.

無語別(무어별)

十五越溪女(십오월계녀)

羞人無語別(수인무어별)

歸來掩重門(귀래엄중문)

泣向梨花月(읍향이화월)

열다섯 아리따운 아가씨

부끄러워 말 못하고 헤어진 뒤

돌아와 겹문 닫아 걸고

배꽃 사이 달 보며 눈물 흘리네.

제4부 다른 시인의 시와 겹쳐 읽기

열다섯 살짜리 소녀가 사랑하는 사람과 헤어진 슬픔을 아름답게 그린 작품으로, 많은 이들이 임제의 대표시로 손꼽곤 한다.

나는 「한우가」와 「무어별」 두 편을 소월의 시 「원앙침」과 겹쳐서 읽고 싶은 마음이 든다. 무리한 연결이 아니냐고 할 수도 있겠지만, 아예 터무니없는 독법만은 아닐 수도 있다고 믿는다. 소월이 의식을 했건 하지 않았건, 앞서 나온 시가(詩歌)들로부터 영향을 받는 것은 자연스러운 일이다. 물론 소월의 「원앙침」은 그 자체로 독창성을 지니고 있으며, 우리말의 아름다움과 7·5조의 운율을 절묘하게 결합시킨 작품이다. 나로서는 소월의 시 중에서 가편(佳篇)으로 꼽고 있기도 하다.

「원앙침」은 두동달이베개를 함께 베고 자던 임을——어떤 이유에선지는 모르지만——잃고 난 뒤의 원망과 그리움을 노래하고 있다. 그러면서도 슬픔을 적절히 절제하고 있는 데다, 두동달이베개, 봄꿩, 접동 등의 상관물을 끌어들임으로써 나약한 감상(感傷)으로 치닫는 것을 막아주고 있다. 특히 "바드득 이를 갈고 / 죽어 볼까요"와 같이 원한에 찬 듯한 서술에 이어 "창(窓)가에 아롱아롱 / 달이 비친다"와 같이 결코 무겁지 않은 이미지를 배치함으로써 격한 감정을 누그러뜨리고 있다. 게다가 수미상관의 기법은 시에 안정감을 부여하고 있으며, 이러한 기교야말로 소월의 시가 이룩한 눈부신 성취라고 해도 지나침이 없다.

「물마름」과 백석의 시

물마름

주으린 새무리는 마른 나무의
해지는 가지에서 재갈이던 때.
온종일 흐르던 물 그도 곤(困)하여
눌지는 골짜기에 목이 메던 때.

그 누가 알았으랴 한쪽 구름도
걸려서 흐득이는 외로운 영(嶺)을
숨차게 올라서는 여윈 길손이
달고 쓴 맛이라면 다 겪은 줄을.

그곳이 어디드냐 남이장군(南怡將軍)이
말 먹여 물 찌었던 푸른 강(江)물이
지금에 다시 흘러 뚝을 넘치는
천백리(千百里) 두만강(豆滿江)이 예서 백십리(百十里).

무산(茂山)의 큰 고개가 예가 아니냐
누구나 예로부터 의(義)를 위하여
싸우다 못 이기면 몸을 숨겨서
한때의 못난이가 되는 법이라.

그 누가 생각하랴 삼백년래(三百年來)에
차마 받지 다 못할 한(恨)과 모욕(侮辱)을
못 이겨 칼을 잡고 일어섰다가
인력(人力)의 다함에서 쓰러진 줄을.

부러진 대쪽으로 활을 메우고
녹슬은 호미쇠로 칼을 별러서
다독(茶毒)된 삼천리(三千里)에 북을 울리며
정의(正義)의 기(旗)를 들던 그 사람이어.

그 누가 기억(記憶)하랴 다북동(茶北洞)에서

피 묻든 옷을 입고 외치던 일을

정주성(定州城) 하룻밤의 지던 달빛에

애 끊긴 그 가슴이 숫기된 줄을.

물위의 뜬 마름에 아침 이슬을

불붙는 산(山)마루에 피었던 꽃을

지금에 우러르며 나는 우노라

이루며 못 이룸에 박(薄)한* 이름을.

소월의 시 중에서 유일하게 역사적 사건을 다루고 있으며, 스케일이 큰 작품이다. 김소월이 이런 시의 호흡을 지니고 있었다는 것이 이채로울 정도다. 시 전반부에서는 남이 장군을, 후반부에서는 홍경래를 등장시켜 "한(恨)과 모욕(侮辱)을 / 못 이겨 칼을 잡고 일어섰다가 / 인력(人力)의 다함에서 쓰러진"

---

* 이 한자를 '부(薄)'로 표기한 시집이 많다. 획수가 많은 데다 시집 원본이 흐려서 정확한 판독이 어렵다. '부(薄)'로 볼 경우 장부에 올린다는 정도로 해석할 수 있겠다. '박(薄)'은 엷다, 적다, 가볍다 등의 뜻을 지니고 있다. 이를 따르면, 뜻을 이루지 못한 것을 박하게 평가한다는 뜻으로 해석할 수 있다. 『정본 소월 전집』을 펴낸 김종욱 씨는 '박(薄)'으로 보아야 한다며, 처음에 발표한 『조선문단』에도 그렇게 표기되어 있다고 한다. 여기서는 김종욱 씨의 견해를 따랐다.

두 영웅의 비운을 다루고 있다.

　남이(南怡, 1441~1468)는 17세의 나이로 무과에 급제한 뒤 이시애의 반란을 평정하여 1등공신에 올랐다. 27세의 젊은 나이에 병조판서가 되었으나 그를 시기한 유자광의 참소에 의해 역적으로 몰려 죽었다. 참소의 원인을 제공한 건, 다음의 유명한 시다.

　　　白頭山石磨刀盡(백두산석마도진)

　　　豆滿江水飮馬無(두만강수음마무)

　　　男兒二十未平國(남아이십미평국)

　　　後世誰稱大丈夫(후세수칭대장부)

　　　백두산의 돌은 칼을 갈아서 없애고

　　　두만강의 물은 말을 먹여서 없애리.

　　　사나이 이십에 나라를 평정하지 못하면

　　　후세에 그 누가 대장부라 이를 것인가.

　유자광은 이 시의 3연 '남아이십미평국'에서 평(平)을 '얻을 득(得)'으로 고쳐서 남이가 왕이 되고자 했다는 모함을 했고, 결국 남이는 억울한 누명을 쓴 채 참수를 당했다.

홍경래는 또 어떤가? 1811년에 홍경래는 세도정치로 썩어빠진 정권을 타도하고 관서지방에 대한 차별정책 철폐를 내세우며 평안도 일대에서 군사를 일으켰다. 초반에 기세를 올리던 홍경래 군은 끝내 관군의 반격에 밀려 뜻을 이루지 못하고 정주성에서 최후를 마쳤다. 둘 다 북방의 안타까운 역사를 대변하는 인물이라고 할 수 있는데, 이러한 점이 평안도 정주 출신인 소월의 마음을 움직였으리라.

제목으로 쓰인 '물마름'은 물 위에 떠서 자라는 풀로, 땅속에 굳게 뿌리를 내린 풀과 달리 자신의 뜻을 펼치기 힘든 상황을 암시한다. 더구나 그 위에 뜬 "아침 이슬"이 겪어야 할 운명의 허망함이야 말해 무엇하리. 자신의 뜻을 펼치지 못하고 비참하게 죽은 남이 장군과 홍경래를 생각하며 소월은 "지금에 우러르며 나는 우노라／이루며 못 이룸에 박(薄)한 이름을"이라고 탄식한다. 하지만 정주 출신의 소월 역시 자신의 운명이 영광보다는 비참 속에서 덧없이 스러지고 말리라는 걸 알고는 있었을까? 홍경래가 죽은 뒤 "정주성에서 죽은 건 가짜 홍경래고, 진짜 홍경래는 살아 있다"는 말이 떠돌았듯 소월 역시 우리 가슴 속에서 영원히 살아 있다는 사실로 위안을 삼아야 하는 걸까?

7연에 나오는 다북동(茶北洞)은 홍경래가 거사를 모의한 곳으로, 다복동(多福洞)으로 바로잡는 게 맞다. 김소월이 잘못 알았던 건지, 편집자가 실수한 건지 모르겠으나 분명한 오기(誤記)이다. 그리고 6연에 나오는 '다독(荼毒)'이라는 한자어는 사전에도 나오지 않는다. 연구자들에 의하면 '도독(荼毒)'의 오식(誤植)일 거라고 한다. 도독(荼毒)은, 씀바귀의 독, 심한 해독(害毒), 참기 어려울 정도의 심한 고통 등의 뜻을 지니고 있는 낱말이다. 시 내용과 연관 지어 해석하면 도독으로 보는 게 맞을 듯하다. 김소월의 시집에는 편집 과정에서 잘못 표기된 낱말들이 많은데, 당시의 편집 기술에 비추어 보면 그리 나무랄 일도 못 된다.

정주 출신으로 김소월 못지않은 시인이 백석이다. 백석은 김소월보다 딱 10년 아래로, 오산중학 후배이기도 하다. 백석은 김소월의 시를 좋아해서 훗날 김소월을 추모하는 글을 쓰기도 했다. 백석은 김소월이 죽은 1년 뒤인 1935년 『조선일보』에 시 「정주성」을 발표하면서 등단한다. 등단작이 하필이면 「정주성」이라는 게 묘한 느낌을 준다.

정주성(定州城)

백석

산(山)턱 원두막은 뷔였나 불빛이 외롭다
헝겊심지에 아즈까리 기름의 쪼는 소리가 들리는 듯하다

잠자리 조을든 문허진 성(城)터
반딧불이 난다 파란 혼(魂)들 같다
어데서 말 있는 듯이 크다란 산(山)새 한 마리 어두운 골짜기
로 난다

헐리다 남은 성문(城門)이
한울빛같이 훤하다
날이 밝으면 또 메기수염의 늙은이가 청배를 팔러 올 것이다

　백석의 시는 김소월의 「물마름」과 비교하면 분위기와 시
를 끌어가는 방식이 사뭇 다르다. 하지만 두 시인이 모두 '정
주의 자식'이라는 점에서 우연의 일치라고만 여기기도 쉽지
않다. 백석의 「정주성」에는 역사적 사실이 배제되어 있는 대

신 "헐리다 남은 성문(城門)"이라는 구절을 통해 쇠락한 옛 성의 발자취를 더듬게 한다. 무너진 성터의 쓸쓸한 풍경이 자연스레 식민지 조선의 황량함을 연상케 하는 지점이다. 백석의 시가 가야 할 길이 등단작에서 이미 뚜렷이 나타나고 있음을 알 수 있다. 정주성은 비록 비극의 사연을 간직하고 있지만, 식민지 시절에 천의무봉의 시인을 둘이나 배출한 정주는 복받은 땅이다.

「접동새」와 서정주의 시

접동새

접동
접동
아우래비 접동

진두강(津頭江) 가람 가에 살던 누나는
진두강 앞 마을에
와서 웁니다

옛날, 우리나라
먼 뒤쪽의

진두강 가람 가에 살던 누나는
의붓어미 시샘에 죽었습니다

누나라고 불러보랴
오오 불설워
시샘에 몸이 죽은 우리 누나는
죽어서 접동새가 되었습니다

아홉이나 남아 되던 오랍동생을
죽어서도 못 잊어 차마 못 잊어
야삼경(夜三更) 남 다 자는 밤이 깊으면
이 산 저 산 옮아가며 슬피 웁니다

이 시는 소월의 대표작 중 하나로 오래도록 교과서에 실려
있는 터라 모르는 이가 거의 없다. 더구나 시 안에 담긴 슬픈
설화 탓에 한국인들의 마음속 깊은 감정선을 건드리며 애송
되어 왔다. 시에 나오는 접동새 설화는 소월이 어릴 적 숙모
계희영으로부터 들은 이야기다. 계희영이 쓴 책에는 소월에
게 이야기를 들려주는 장면과 설화의 내용이 길게 나오는데,
다음과 같은 말로 시작하고 있다.

옛날 박천 진두강 맑은 물이 흘러내리는 산골에 한 선비가 살
았구나. 맏이로 딸 하나를 두고 아들을 아홉이나 두었는데 오롱
조롱 어린것들을 남겨 놓고 그만 엄마가 세상을 떠났구나. 그래
서 맏누나는 엄마 대신 동생들을 돌보며 시중했구나!

— 계희영, 『약산 진달래는 우련 붉어라』, 73쪽.

박천은 평안북도에 있는 지명이며, 이어지는 이야기는 이
렇다. 새로 들어온 계모가, 누나가 시집 갈 집에서 받은 예물
을 탐내어 누나를 장롱에 가둔 다음 불태워 죽였다. 슬픔에
찬 동생들이 불에 탄 잿더미를 뒤지자 누나의 혼이 접동새가
되어 날아갔다. 계모의 죄상이 관가에 밝혀지면서 계모 역시
같은 벌을 받아 죽었는데, 계모의 주검에서는 까마귀가 나왔
다. 접동새가 된 누나는 까마귀가 된 계모가 무서워 한밤중에
만 동생들이 자는 방 창가에 날아와 구슬피 울곤 했다.

어린 소월의 마음에 이 슬픈 이야기는 깊은 인상을 남겼
고, 훗날 한 편의 시로 다시 태어났다. 소월이 접동새 설화를
얼마나 마음에 담아두고 있었는지는 계희영의 이어지는 증
언을 통해 알 수 있다.

'아홉 오라비 접동'을 빨리 하면 '아오래비 접동'이 된다. 소월

은 접동새 이야기를 들은 후로는 한동안 '접동 접동 아오래비 접
동' 하며, 무수히 외었다.

— 계희영, 같은 책, 78쪽.

이 시는 처음에 배재고보에서 발간하는 교지 『배재』 2호
(1923. 3)에 「접동」이라는 제목으로 발표했다가, 일부 구절을
고치고 제목도 「접동새」로 바꾸어 시집 『진달래꽃』에 수록
했다.

한때 접동새가 두견새냐 소쩍새냐 하는 논란이 많았다. 접
동새가 학명이 아니다 보니 그런 혼란이 생겼고, 사람에 따라
다르게 받아들이곤 했다. 정확한 사실을 아는 게 시를 이해하
고 감상하는 데 썩 중요한 건 아니지만 그래도 밝힐 수 있는
한도 내에서는 밝혀내는 것도 필요하다. 국어사전에서는 '접
동새'를 '두견'의 경남지방 방언이라고 풀이해 놓고 있으며,
'큰접동새'는 '큰소쩍새'의 북한 방언이라고 해 놓았다. 그렇
다면 접동새를 남쪽에서는 두견으로, 북쪽에서는 소쩍새로
받아들였다고 할 수 있다. 하지만 지금도 일부 시 해설서나
국어 참고서에서는 접동새의 다른 이름으로 두견새와 귀촉
도를 제시하고 있다.

두견새가 나온 김에 서정주의 시 「귀촉도(歸蜀道)」에 대한

제4부 다른 시인의 시와 겹쳐 읽기

이야기를 잠시 풀어보자. 두견새는 귀촉도(歸蜀道), 불여귀(不如歸), 자규(子規) 등으로도 불린다. 두견새와 관련한 중국 고사에 다음과 같은 이야기가 전한다.

옛날 중국의 촉나라에 망제(望帝)라는 왕이 있었는데, 자신의 신하에게 나라를 빼앗긴 뒤 쫓겨나 다시는 돌아가지 못했다. 망제는 이런 자신의 신세를 한탄하며 울다 지쳐서 죽었는데, 망제의 한 맺힌 영혼이 두견새가 되어 밤마다 불여귀(不如歸)를 외치며 목구멍에서 피가 나도록 울었다.

이번에는 서정주의 시를 보자.

귀촉도(歸蜀途)

서정주

눈물 아롱아롱
피리 불고 가신 님의 밟으신 길은
진달래 꽃비 오는 서역(西域) 삼만리.
흰 옷깃 여며 여며 가옵신 님의

다시 오진 못하는 파촉(巴蜀) 삼만리.

신이나 삼아 줄 걸, 슬픈 사연의
올올이 아로새긴 육날 메투리.
은장도 푸른 날로 이냥 베어서
부질없는 이 머리털 엮어 드릴 걸.

초롱에 불빛 지친 밤하늘
구비구비 은핫물 목이 젖은 새.
차마 아니 솟는 가락 눈이 감겨서
제 피에 취한 새가 귀촉도 운다.
그대 하늘 끝 호올로 가신 님아.

　　서정주의 「귀촉도」는 이러한 중국 고사를 바탕 삼아, 촉
나라로 돌아가지 못한 망제(望帝)의 원통함 위에 돌아오지
못할 먼 길로 "가신 님"을 안타까워하며 그리는 마음을 겹쳐
놓았다.
　　그런데 이 시에는 중국 고사와 함께 소월 시의 흔적도 많
이 깔려 있다. 우선 소월의 접동새를 귀촉도, 즉 두견새로 이
해하고 있었음이 분명하다. 서정주는 자신의 작품 「귀촉도」

끝에 스스로 몇 줄의 해설을 달았는데, 다음과 같은 내용이
있다.

귀촉도는, 행용 우리들이 두견이라고도 하고 솟작새라고도 하
고 접동새라고도 하고 子規라고도 하는 새가 귀촉도… 귀촉도…
그런 발음으로서 우는 것이라고 지하에 도라간 우리들의 조상의
때부터 생긴 말슴이니라.

특히 "가신 님의 밟으신 길"과 "진달래 꽃비 오는"이라는
표현은 김소월 시의 영향 아래 쓰였음을 짐작케 한다. 어떤
시인이든 앞선 시인의 영향을 받는 건 당연한 일이고, 그것을
어떻게 창조적으로 변용시켜 자신의 것으로 삼느냐 하는 것
이 관건이다. 그런 면에서 볼 때 서정주의 「귀촉도」는 소월의
시에서 일부 영감을 받은 것이 분명하지만, 머리털을 베어 육
날 메투리를 삼아 주고 싶었다는 표현 등에서 자신의 독자적
인 세계를 구축한 것 또한 사실이다. 그럼에도 나는 서정주가
「귀촉도」를 쓸 때 김소월의 시를 염두에 두고 있었으리라는
데 생각이 미친다. 소월 시의 전매특허이다시피 한 사랑하는
님과의 이별을 노래한 것, 시의 화자를 여성으로 설정한 것,
김소월이 즐겨 쓰던 3음보 율격을 사용한 것 등도 그러한 심

증을 갖게 한다. 서정주는 그 후 여러 편의 김소월론을 쓰면서 '정한(情恨)의 시인'이라는 타이틀을 붙여 주기도 했다.

개인적인 추론을 떠나 소월 시의 영향이 누구에게 어떤 식으로 미쳤는지를 아는 것도 전혀 쓸모없는 일만은 아닐 거라고 믿는다.

한편 서정주의 「귀촉도」 이전에 오장환의 「귀촉도」가 먼저 있었다. 오장환은 1941년 『춘추』지에 「귀촉도」라는 제목 아래 '정주(廷柱)에 주는 시'라는 부제를 단 시를 발표했다. 그리고 이 시 앞머리는 "파촉(巴蜀)으로 가는 길은 / 서역 삼만리"로 시작한다. 그러므로 1943년에 같은 잡지에 발표한 서정주의 「귀촉도」는 오장환의 시에 대한 답시 성격을 띠고 있음을 알 수 있다. 하지만 그렇다고 해서 이 시를 오장환에게 바치는 작품이라고 할 수는 없다. 따로 부제도 없거니와 죽어서 이별한 님을 그리고 있는 시의 내용을 볼 때 오장환을 생각하고 쓴 시가 아님이 분명하다. 시를 쓸 무렵 서정주의 머릿속에는 김소월의 「접동새」와 「진달래꽃」이 들어 있었을 것으로 보인다.

'파촉(巴蜀)'과 관련해서 한 가지만 덧붙이자. 소월의 시 「삼수갑산(三水甲山)」에 "촉도지난(蜀道之難)이 예로구나"*라고 서술한 부분이 있다. 촉나라로 가는 길의 어려움을 나타낸 말이다. 오장환과 서정주 이전에 소월이 이미 시 속에 끌어들인 바 있음을 기억해 두자.

---

* '촉도지난(蜀道之難)'은 이백(李白) 시에 나오는 구절로, 이렇듯 선대 시인의 구절을 인용하거나 변용하여 사용하는 건 자연스러운 일이다.

「왕십리」와 김종삼의 시

왕십리(往十里)

비가 온다
오누나
오는 비는
올지라도 한 닷새 왔으면 좋지.

여드레 스무날엔
온다고 하고
초하루 삭망이면 간다고 했지.
가도 가도 왕십리 비가 오네.

웬걸 저 새야

울려거든

왕십리 건너가서 울어나 다고,

비 맞아 나른해서 벌새가 운다.

천안에 삼거리 실버들도

촉촉이 젖어서 늘어졌다네.

비가 와도 한 닷새 왔으면 좋지.

구름도 산마루에 걸려서 운다.

　　김소월의 시 「왕십리」는 해석이 쉽지 않은 작품이다. 연구자들의 다양한 해석은 제쳐 놓고 그냥 일반적인 측면에서만 간단히 해석을 해보자.

　　우선 왕십리라는 지명은 십리를 간다는 뜻이고, 이로부터 "가도 가도"라는 말을 끌어들였다는 건 누구나 알 수 있는 사실이다. 그리고 비는 며칠째 줄곧 내리고 있다. 공간도 그렇고 시간도 하염없다는 의미로 받아들이면 될 듯하다. 그리고 "벌새가 운다"는 구절과 "구름도 산마루에 걸려서 운다"는 구절을 연결시켜 보면 전체적으로 우울한 풍경이 떠오른다. 이러한 풍경을 식민지 조선의 암울한 정황에 빗대어 해석하는 이들이 많다. 충분히 일리 있는 해석으로 보인다.

그런데 왜 마지막 연에서 느닷없다는 느낌이 들 수도 있는 천안을 끌어들였을까? 이에 대해서도 앞서 말한 해석을 적용한다면, 현재 비가 내리는 왕십리라는 지역을 벗어나더라도 다른 곳 역시 비가 내리고 있을 것이라는 사실, 즉 식민지 백성의 처지로는 어디를 가든 벗어날 수 없는 막막함에 둘러싸여 있음을 뜻한다고 볼 수도 있겠다. 소월 시의 전반적인 기조가 설움을 바탕으로 하고 있다고 할 때, 이 시 역시 그러한 흐름의 연장선에 놓여 있다.

나는 시에 서술된 정황과 함께 형식적인 측면을 유심히 보고 싶다. 시에 쓰인 '온다'라는 동사를 보자. 1연에서는 짧은 구절 안에 '온다', '오누나', '오는', '올지라도', '왔으면'의 다섯 가지 활용태가 나타난다. 그리고 2연에서는 '온다고'와 '오네'를 썼다. 이렇듯 하나의 낱말을 다양하게 변주시킴으로써 시를 읽을 때 말맛이 잘 살아나도록 하고 있다. 이는 소월이 우리말의 특장을 잘 이해하고 있으며, 그러한 점을 시에 자연스럽게 녹여낼 줄 아는 대단한 재능을 지니고 있었음을 보여준다. 소월의 시를 읽고 있으면 운율이 절로 입에 착 감긴다. 우리말, 특히 쉬운 일상어를 재료로 삼아 거기에 자연스러운 가락을 불어넣는 솜씨는 소월이 지닌 재능의 탁월함을 다시 생각하게 해준다. 이러한 점만으로도 「왕십리」는 거듭 읽어도 질리지 않는 작품이다.

    왕십리를 소재 내지 배경으로 삼아 시를 쓴 시인들은 여럿이다. 그중에서 김종삼 시인이 쓴 시를 함께 읽고 싶다.

왕십리(往十里)

김종삼

새로 도배한
삼간초옥 한칸 방에 묵고 있었다
시계가 없었다
인력거가 잘 다니지 않았다.

하루는
도드라진 전차길 옆으로 챠리 챠플린 씨와
나운규 씨의 마라돈이 다가오고 있었다.
김소월 씨도 나와서 구경하고 있었다.

며칠 뒤

누가 찾아왔다고 했다

나가본즉 앉은방이 좁은

굴뚝길밖에 없었다.

    소월의 「왕십리」와는 전혀 다른 색깔과 분위기를 지닌 작품이다. 김종삼은 소월의 시 「왕십리」를 기억하고 있었을 것이며, 그래서 자신의 시에 김소월을 마치 카메오처럼 등장시키고 있다. 재미 삼아 그랬다고 볼 수도 있겠지만, 김종삼이 소월에 대해 관심과 애정을 지니고 있었음을 보여주는 사례이기도 하다. 실제로 김종삼은 자신의 시 여러 편에서 김소월을 등장시키고 있다. 「시인학교」라는 시에 "김소월 / 김수영 휴학계"라는 구절이 나온다. 김종삼이 우리 시단에서 김수영과 김소월의 부재를 아쉬워하고 있음을 엿볼 수 있다. 김소월을 등장시키고 있는 다른 시 한 편을 더 읽어보자.

꿈속의 향기

김종삼

金素月 성님을 만났다

어느 산촌에서

아담한 기와집 몇 채 있는 곳에서

싱그러운 한 그루

나무가 있는 곳에서

산들바람 부는 곳에서

상냥한 女人이 있는 곳에서.

꿈속에서 김소월 시인을 만났다는 단순한 내용으로 되어
있는 시인데, 김종삼이 소월에게 바치는 오마주라고 받아들
이고 싶다. 그만큼 김종삼이 소월을 마음에 깊이 담아두고 있
었음을 알 수 있다. 김종삼의 시 안에서 소월은 산촌에서 유
유자적한 생활을 하고 있다. 불행하게 삶을 마감한 소월에게
시 안에서라도 안식과 평안을 가져다주고 싶어하는 김종삼
시인의 마음이 읽힌다.

그런데 김종삼의 작품들을 보면 소월의 시 세계와 상당히
거리가 있어 보인다. 잘 알려진 것처럼 김종삼은 클래식에 심
취했던 시인이고, 작품도 이미지스트라고 할 정도로 전통 시
작법과는 다른 방향을 취하고 있다. 그런 김종삼이 왜 소월을
마음에 두었을까?

김종삼의 시에는 가난한 이웃에 대한 연민을 표현한 작품

이 많으며, 전쟁으로 인한 참혹한 현실도 비껴가지 않았다. 「민간인」에서 피난 도중 황해도 앞바다에서 수장당한 어린 아이의 죽음을 전하고 있는가 하면, 「장편(掌篇) 2」에서는 생일을 맞은 거지장님 어버이를 위해 어린 딸이 10전짜리 두 개를 들고 밥집을 찾아온 사연을 다루고 있다. 이 밖에도 많은 시편에서 핍진(乏盡)한 삶을 살아가는 당대인들의 고달픈 현실을 노래했다. 그런 점에서 김종삼의 시와 소월의 시가 맞닿는 지점이 있음을 확인할 수 있다. 여담 삼아 말하자면, 김종삼 역시 소월 못지않게 술을 사랑했고, 결국 술로 인한 병 때문에 세상을 떠났다는 공통점을 떠올릴 수도 있겠다.

「어인」과 김종삼의 시

어인(漁人)

헛된 줄 모르고나 살면 좋아도!
오늘도 저 너머 편 마을에서는
고기잡이 배 한 척 길 떠났다고.
작년에도 바닷놀이 무서웠건만.

소월이 현실을 노래한 시들은 대체로 농민들의 삶에 이어
져 있으며, 소월 또한 농민으로 살고자 했다. 그러다 보니 농
민을 다룬 소월의 시는 많이 알려진 편이나 위에 소개한 어
민의 삶을 노래한 시는 그다지 주목을 받지 못했다. 그렇게
된 데는 소월의 더 뛰어난 다른 시들에 가린 측면도 있다.

소월의 시 중에 바다를 노래한 것들이 여러 편 있다. 대체로 자연물로서의 바다를 그린 작품들인 데 반해 이 시는 바다를 생업의 터전으로 삼아서 살아가는 어인(漁人), 즉 어부의 삶을 노래했다. 어부의 삶을 노래하기 위해서는 그들과 함께 살거나 가까이에서 그들의 삶을 들여다보아야 한다. 그렇다면 소월은 바닷가 마을에 머문 적이 있었을까?

북한의 김영희 기자가 쓴 기행문에 나와 있는 대목을 살펴보자.

소월은 어릴 적부터 고향 앞바다를 사랑했다. 그가 교편을 잡았던 곳도 바로 바다를 눈앞에 둔 렴호리였다.

이곳 사립 중신학교에서 소월은 아동교육에 종사하는 한편 본격적인 시 창작에 전념하였던 것이다. 학생들은 대부분 가난한 농민과 어민들의 자제였는데 월사금을 물지 못해 도중에 그만두는 어린이가 많아 졸업할 때면 7~8명만 남기 일쑤였다. (중략) 소월은 이러한 가난한 아동들을 동정해서, 바다를 그리워해서 스스로 이 학교를 찾아왔던 것이다.

소월이 바다에서 가까운 렴호리라는 마을에서 교사 생활을 했다는 이야기인데, 사실 여부를 확인하기는 어렵다. 북한의 평론가 엄호석은 『김소월론』에서 "김소월은 배재중학교를 18세에 졸업한 후 향리에 돌아와서 자기 마을에서 멀지 않은 정주군 럼포면의 사립학교에서 교편을 잡고 후배들을 가르치는 한편 시 창작에 계속 몰두하였다"(50쪽)라고 했다. 하지만 김소월이 배재중학교를 졸업한 건 18세가 아니라 22세였고, 졸업 후 두세 달 만에 일본으로 유학을 갔으므로 사실 관계를 신뢰하기 어렵다. 다만 그 사이에 두 달 정도 짧은 기간 교사 생활을 했을 개연성은 있다. 소월을 어릴 적부터 기르고 일본 유학을 중도에서 포기할 때까지 지켜봤던 계희영의 책에는 교사 생활에 대한 내용이 나오지 않는다. 더구나 김영희 기자의 글에도 교사 생활을 한 게 정확히 언제쯤인지 기록되어 있지 않아 궁금증만 더할 뿐이다. 그래도 소월과 한 마을에서 살았던 사람들의 증언을 받아 적은 것이니 무시하기도 어렵다. 어쨌거나 김영희 기자는 이어지는 글에서 다음과 같이 말하고 있다.

그러나 소월이 이곳을 찾았을 때는 '정도어업조합'이라는 게 있어 어민들을 혹사하였다. 조합측은 어민들의 안정은 생각지도 않아 풍파만 일면 어부들의 시체가 번번이 포구에 밀려나오곤 하였다.

이 기록과 앞에 소개한 시 「어인(漁人)」은 서로 맞닿는 지점이 있다. 마지막 행의 "작년에도 바닷놀이 무서웠건만"이라는 구절은 작년에 바다로 떠났던 배가 풍랑을 만나 잘못된 적이 있었다는 걸 암시한다. 그럼에도 불길한 징조를 안고 오늘도 역시 바다로 배를 몰고 나가야만 하는 어민들의 처지를 안타까이 여기는 심정을 담은 작품이다. 소월이 렴호리에서 교사 생활을 한 적이 있느냐의 여부를 떠나 최소한 바닷가 사람들의 삶을 구체적으로 이해하고 있었음을 짐작할 수 있다.

이 시에 김종삼의 시를 겹쳐서 읽어보도록 하자.

어부(漁夫)

김종삼

바닷가에 매어 둔
작은 고깃배
날마다 출렁거린다
풍랑에 뒤집힐 때도 있다
화사한 날을 기다리고 있다
머얼리 노를 저어 나가서

헤밍웨이의 바다와 老人이 되어서

중얼거리려고

살아온 기적이 살아갈 기적이 된다고

사노라면

많은 기쁨이 있다고

　두 작품은 모두 고기잡이 하는 어부를 소재로 삼고 있지만 내용은 확연히 다르다. 전반부의 "풍랑에 뒤집힐 때도 있다"라는 구절은 소월의 시와 통하는 부분이다. 하지만 전체적으로 보았을 때 소월의 시가 어부의 고단한 삶을 안타까워하는 쪽이라면 김종삼의 시는 그럼에도 살아갈 희망(기적과 기쁨으로 표현한)을 놓지 않고 있다.

　이와 같은 차이가 있긴 하지만 나는 김종삼이 이 시를 쓸 때, 혹은 쓰기 전에 소월의 시를 참조했으리라고 믿고 싶다. 앞선 글에서 김종삼이 소월을 마음에 품고 있었다고 했다. 그렇다면 어떤 식으로든 김종삼이 소월 시의 영향을 받았을 거라는 사실을 추론해 볼 수 있다. 의식적으로 소월의 시를 계승하려는 의지를 품지는 않았을지라도 최소한 무의식 속에 소월의 시가 잠재된 형태로 자리 잡고 있지 않았을까? 세상에는 그런 일이 드물지 않게 일어나는 법이니까. 그렇게 선행시를 참조하되, 선행시를 뛰어넘거나 또 다른 세계를 펼쳐 보일 수도 있는 것이니까. 소월의 「어인(漁人)」과 김종삼의 「어부(漁夫)」 역시 그런 맥락으로 볼 수도 있겠다는 게 내 판단이다. 영향이란 직접 투영되는 방식으로 이루어지기도 하지만 간접적인 방식 혹은 무의식을 통과해 스며드는 방식으로 이루어질 때도 있는 법이다.

「오시는 눈」과 박용래의 시

오시는 눈

땅 위에 쌔하얗게 오시는 눈.
기다리는 날에는 오시는 눈.
오늘도 저 안 온 날 오시는 눈.
저녁불 켤 때마다 오시는 눈.

이 시를 보았을 때 나도 모르게 눈물의 시인 박용래를 떠
올리고 있었다. 박용래의 대표작 중 하나인 「저녁 눈」과 심상
이 겹쳐 있다는 느낌을 받았기 때문이다. 박용래가 소월의 시
를 차용했다고 볼 수는 없겠고, 미적 차원에서도 박용래의 작
품이 한결 수준 높은 경지를 보여주고 있는 건 사실이다. 그

럼에도 무언가 박용래가 소월의 시에 기대고 있는 부분이 있다는 생각을 접을 수 없다.

박용래의 시를 함께 읽어보자.

저녁 눈

박용래

늦은 저녁 때 오는 눈발은 말집 호롱불 밑에 붐비다.

늦은 저녁 때 오는 눈발은 조랑말 발굽 밑에 붐비다.

늦은 저녁 때 오는 눈발은 여물 써는 소리에 붐비다.

늦은 저녁 때 오는 눈발은 변두리 빈터만 다니며 붐비다.

두 작품의 유사성이라면 둘 다 4행으로 이루어졌다는 것(박용래의 시는 1행을 1연으로 처리하고 있지만), "오시는 눈"과 "오는 눈발", 그리고 저녁이라는 시간대 정도다. 그럼에도 짧은 시 안에 이 정도의 유사성이 있다면 두 작품 사이에 영향 관계가 성립한다고 볼 수도 있지 않을까?

모든 시인은 앞선 시인들의 영향으로부터 자유롭지 못하다. 선대의 작품은 단순히 계승의 차원이 아니라 극복의 대상으로서도 작용하기 때문이다. 그런 면에서 볼 때 박용래의 시는 소월이 도달한 지점에서 몇 발짝 더 나아간 것으로 보인다. 소월의 작품은 눈이 온다는 단순한 진술 정도에서 그쳐 평작의 수준에 머물고 있다면 박용래는 말집 호롱불 밑, 조랑말 발굽 밑, 여물 써는 소리, 변두리 빈터로 시선을 이동시키며 정서의 폭을 한층 확장시키고 있다. 소월의 시 형식을 변주하여 1행으로 1연을 삼은 것 또한 차분하게 호흡을 가라앉혀 주는 역할을 한다.

박용래는 짧은 시를 즐겨 쓰며, 과감한 압축과 생략을 통해 언어의 정수를 길어 올리는 데 능하다. 「저녁 눈」역시 그런 특질이 잘 드러나 있는 작품이다. 단순한 형식과 내용만으로도, 어쩌면 그렇기에 더욱 작품의 밀도를 높이면서 붐비는 저녁 눈발의 정경을 눈에 잡힐 듯 보여주고 있는지도 모른다.

소월의 시는 이후에 등장한 시인들에게 많은 영향을 미쳤다. 한국적인 정서는 물론 시의 형식과 기법에서도 그랬다. 박용래 역시 소월의 시를 사랑했을 것이다. 박용래가 자신의 산문에서 소월의 시를 언급한 대목이 있다.

소월의 4행 시, 「엄마야 누나야」만 보더라도 첫 행의 감동 없
이는 다음 행인 금모래빛의 영원도 또 다음 행인 갈잎노래의 노
스탈쟈도 전혀 공허하리라. 끝마저 첫 행의 중복으로 장식한 이
시는 영원한 노스탈쟈 이상의 그 뭣인가를 아프게 점철하고 있
지만, 막막한 시의 바다에 던져진 수수께끼 같은 시의 제1행.

— 박용래, 『우리 물빛 사랑이 풀꽃으로 피어나면』, 문학세계사, 1985, 83~84쪽.

다른 글에서는 윤동주가 동시풍으로 쓴 「산울림」을 극찬
하며, "이 단순한 아름다움. 이런 시적 감동이야말로 우리들
의 간담을 때때로 서늘케 하지요"(같은 책, 163쪽)라고 했다.
'단순한 아름다움'이라는 말에 박용래의 시 정신이 들어 있
을 것이다. 그 연원의 한 끝을 따라가다 보면 마주치게 되는
소월의 시, 그렇게 이어지는 흐름을 기억해 두는 것도 나쁘지
는 않으리라.

「산유화」와 도종환의 시

산유화

산에는 꽃 피네
꽃이 피네
갈 봄 여름 없이
꽃이 피네

산에
산에
피는 꽃은
저만치 혼자서 피어 있네

산에서 우는 작은 새여
꽃이 좋아
산에서
사노라네

산에는 꽃 지네
꽃이 지네
갈 봄 여름 없이
꽃이 지네

소월의 시 「산유화」 때문에 일어난 재미있는 일화를 접한 적이 있다. 사연은 다음과 같다.

유안진 시인이 대전여중 2학년이던 시절, 국어시간에 선생님께 질문을 했다. 김소월의 시 「산유화」에 나오는 구절인 "갈 봄 여름 없이 / 꽃이 피네"에서 왜 계절의 순서를 바꿔서 '갈(가을)'을 맨 앞에 배치했느냐는 내용이었다. 어린 소녀가 밤새 고민하다 답을 찾지 못해 어렵게 던진 질문에 국어 선생은 뭐라고 대답했을까? "김소월 마음이지, 뭐." 돌아온 대답은 너무나 허망했고, 그 순간 소녀는 부끄러움과 분노를 느꼈다. 하지만 이 사건이 한 소녀를 시인의 길로 접어들게 만들었으니, 시인을 길러내는 가르침(?)의 방식도 참 다양한 모양이다. 자신에게 창피를 준 국어 선생에게 복수를 하기 위해서라도 시인이 되어야겠다는 생각을 하게 된 소녀는 그때부터 닥치는 대로 시집을 구해 읽기 시작했다. 자신의 머리카락을 잘라 팔아서 시집을 사 볼 정도였다고 하니, 마침내 시인이 되지 않을 도리가 없었겠다.

연구자들 사이에서 「산유화」에 쓰인 시어에 대한 논의는 "갈 봄 여름 없이"보다 '저만치'에 집중되어 있다. 맨 처음 물꼬를 튼 이는 소설가 김동리다. 김동리는 1948년에 발표한 「청산과의 거리」라는 글에서 산유화에 대해 '기적적 완벽성'이라는 말까지 써가며 소월의 시 중에서 가장 으뜸으로 쳤다. 그러면서 '저만치'라는 시어에 주목하여 이 말은 인간과 청산 사이의 거리를 나타내는 말이라고 했다. '저만치'라는 말이 비록 멀지 않은 거리를 나타내는 듯 보이지만, 실제로는 하늘과 땅 사이만큼이나 가닿을 수 없는 절대적인 아득함의 거리라고 했다. 그렇게 가닿을 수 없기에 향수와 그리움의 대상이 될 수밖에 없다는 것이다. 이후에 수많은 사람들이 나름대로 '저만치'에 대한 새로운 해석을 내놓았지만, 정작 김소월은 이런저런 말들에 대해 뭐라고 답을 할지 모르겠다. 김소월 역시 유안진 시인을 길러낸(?) 국어 선생처럼 "내 마음이

지, 뭐"라고 하지는 않을까?

「산유화」에 대한 다른 논의는 이 시의 제목이 우리 전통 민요의 한 종류인 '메나리'의 다른 이름인 「산유화가」에서 왔다는 견해를 제시하며 이를 바탕으로 여러 논지의 글들을 내놓고 있기도 하다. 하지만 제목은 「산유화가」에서 빌려 왔을지 몰라도 「산유화가」는 산이나 들에서 일할 때 부르던 노동요임에 반해 소월의 시 「산유화」에 그려진 풍경은 그와는 사뭇 다른 지점에 놓여 있다. 그러므로 둘 사이의 관련성에 대한 탐구에 앞서 소월의 시를 그 자체로 이해하고 감상하는 게 더 의미 있다고 생각한다. 나아가 연구자들의 논의보다 김소월의 시를 사랑하는 후대의 시인이 쓴 시를 함께 읽어보는 것이 훨씬 유익할 것이라고 믿는다.

저만큼*

도종환

남산 소월 시비 아래서 파리한 당신과 함께 산유화를 읽었지.

---

* 도종환, 『접시꽃 당신』, 실천문학사, 1987.

이것이 이 세상 당신과의 마지막 여행이 될지도 모른다고 나는 쓸쓸히 당신의 손을 잡아 손가락으로 한 소절씩 쉬어 짚으며 저만큼 하고 읽어갔지. 햇살은 우리의 저만큼 위에 희미하게 떨어져 쌓이고 소월로 시비 아래 갈꽃이 사위기 전 당신은 저만큼의 거리 위에 뭉게뭉게 무너져 흩어지고 넓디넓은 세상에 나 혼자 남아 하늘과 땅의 거리만 늘리어가고 있지.

잘 알다시피 도종환 시인은 아내를 잃은 슬픔을 노래한 『접시꽃 당신』이라는 시집으로 많은 이들의 사랑을 받았다. 그로 인해 얻은 명성 못지않게, 민중시를 쓰던 사람이 죽은 아내를 팔아 유명세를 탔다는 일부의 시선에서 오는 자책감으로 괴로운 시간을 보내야 했다. 하지만 『접시꽃 당신』은 대중들의 기호에 영합해 얄팍한 감상(感傷)을 끌어들인 시집이 아니라, 삶과 죽음에 대한 인식을 바탕에 깔고 절제된 감정과 빼어난 시어들로 수준 높은 작품들을 만들어 엮어낸 시집이다.

도종환은 아픈 아내와 함께 남산의 소월길에 서 있는 시비를 찾아갔던 모양이다. 시비에는 「산유화」가 새겨져 있고, 그 시를 아내와 함께 읽는다. 그 후 불행한 예감처럼 아내는 먼 길을 가고, 시인은 그날을 생각하며 '저만치'를 '저만큼'으로 바꾸어 한 편의 시를 만들어냈다. "하늘과 땅의 거리만 늘

리어가고 있지"라는 구절을 통해 아득한 삶과 죽음의 거리를 헤아리며 회한에 젖어드는 시인의 모습이 눈물겹게 다가든 다. 참고로 이 구절은 김소월의 「초혼」에 나오는 "하늘과 땅 사이가 너무 넓구나"라는 부분을 차용해 온 것이기도 하다.

도종환 시인은 그 후 『선생님과 함께 읽는 김소월』이라는 제목의 김소월 시 해설집을 내며, "소월의 시에서부터 다시 시작해야겠다는 생각"을 많이 했다고 한다. 김소월 시에 나타난 가락과 정서를 잇는 작업이야말로, 현재의 우리 시가 놓치고 있는 중요한 부분을 채워줄 수 있을 것이라는 믿음에 나 역시 흔쾌히 동의한다.

「여자의 냄새」와 장석원의 시

여자의 냄새

푸른 구름의 옷 입은 달의 냄새
붉은 구름의 옷 입은 해의 냄새
아니, 땀 냄새 때 묻은 냄새,
비에 맞아 축업은 살과 옷 냄새

푸른 바다…… 어즈리는 배……
보드라운 그리운 어떤 목숨의
조그마한 푸릇한 그무러진 영(靈)
어우러져 비끼는 살의 아우성……

다시는 장사(葬死) 지나간 숲속엣 냄새.

유령 실은 널뛰는 뱃간엣 냄새.

생고기의 바다의 냄새.

늦은 봄의 하늘을 떠도는 냄새.

모래 두던 바람은 그물안개를 불고

먼 거리의 불빛은 달저녁을 울어라.

냄새 많은 그 몸이 좋습니다.

냄새 많은 그 몸이 좋습니다.

　이 시를 처음 접하는 독자들 중에는 "김소월이 이런 시도 썼어?" 하는 반응을 보이는 사람이 많겠다. 그만큼 이 시는 널리 알려진 소월의 전통 서정시들과는 결을 달리하는 데다, 내용을 이해하기에도 상당히 난해한 작품이다. 김억을 통해 서구시, 특히 말라르메와 베를렌 같은 프랑스 상징주의 시인들의 작품을 접했던 영향이 짙게 배어 있는 작품이라고 하겠다.

　시 창작에서 감각적 이미지는 매우 중요하다. 감각은 단순히 내용을 포장하거나 보완해 주는 역할만 하는 게 아니라 감각 자체가 시를 끌어가기도 한다. 그런 면에서 볼 때 이 시는 냄새, 즉 후각적 이미지로 전편을(시각적 이미지를 사용한 2연을 제외하고) 지배하며 끌어가고 있다. 그런데 특이한 것은 소월의 시에서 후각적 이미지를 끌어들인 작품이 거의 없다는 사실이다. 소월의 시는 주로 시각적이거나 청각적인 이미지를 활용했다. 반면 후각이나 미각적 이미지가 사용된 작품은 매우 적다. 이는 같은 고향 출신인 백석 시인과 매우 대비되는 지점이다. 백석의 시에는 어릴 적 고향에서 맛본 음식들이 많이 등장하지만 소월의 시에는 음식 이야기가 전혀 없다. 음식은 맛과 냄새로 사람을 자극하는데, 이는 촉각과 더불어 원초적인 감각이라고 할 수 있다. 시인마다 기질과 특성이 다르므로 소월의 시에 미각과 후각을 앞세운 작품이 없다고 해서 이상할 건 없다. 다만 후각적 이미지를 거의 사용하지 않던 소월이 왜 유독 「여자의 냄새」에서는 후각적 이미지를 전면에 내세웠을까 하는 점은 궁금증을 불러일으킬 만하다. 그런 면에서도 이 작품은 소월의 전체 시 세계에서 독특한 위치를 차지하고 있다.

이 작품은 그동안 연구자들에게 별다른 주목을 받아오지 못했다. 이 작품을 높이 평가한 사람으로 신범순 교수가 있다.

죽은 여인의 살과 옷 냄새는 달과 해의 옷 냄새라는 우주적 감각으로 승화되어 있다. 여인의 육체와 영혼은 푸른 바다 물결과 그 위에 노니는 배의 이미지로 그려진다. 푸르고 부드러운 바다는 그녀의 살처럼 갈라지고, 그 위를 영혼은 배처럼 떠돈다. 이 시에서 보듯이 김소월의 시는 의외로 매우 섬세하고 날카롭게 감각적 측면을 포착하고, 그것을 더 커다란 영혼의 감각 속에 통합시키고 있다.

— 신범순, 『노래의 상상계』, 서울대학교출판문화원, 2011, 319쪽.

시에 그려진 '여자의 냄새'를 '우주적 감각'까지 연결시켜 해석한 건 무리한 연결이라는 생각이 든다. 그럼에도 신범순 교수는 이런 전제를 바탕으로 "시인에게 자신의 세계는 이렇게 해서 사랑했던 한 여자의 냄새로 가득한 여성적 세계가 된다"는 결론을 끌어낸다. 나아가 김소월은 "여성주의적 영혼들을 일깨우는 일을 주요 과제로 삼았"으며, 이는 "남성주의적인 근대적 정신과 제도의 압력에 맞서는 것이 된다"는 데까지 나아간다. 역시 과잉 해석이라는 느낌이 강하다.

나로서는 여자를 아름다운 외모와 향기를 지닌, 즉 남성들의 판타지 속에만 존재하는 관념적인 존재로 치장하지 않고 육체성을 지닌 존재로 그려낸 데에 이 작품의 묘미가 있다고 본다. 시의 맨 처음을 "푸른 구름의 옷 입은 달의 냄새 / 붉은 구름의 옷 입은 해의 냄새"라고 하는 관념적인 표현으로 시작하더니 이내 '아니'라는 말로 앞부분의 내용을 부정하면서 땀과 때와 살과 옷이라는 구체성을 띤 물질의 냄새를 제시한다. 이어 2연에서는 "어우러져 비끼는 살의 아우성"이라는 구절을 통해 성적(性的)인 분위기와 함께 육체성을 더욱 강렬하게 표출한다. 이런 식의 표현은 소월의 다른 시에서 찾기 힘들다. 3연에서는 육체의 소멸과 그 이후의 자취를 뒤쫓고 있으며, 4연에서는 그렇게 소멸해 간 여자를 생각하며 아쉬움과 그리움을 토로하고 있다. 이상이 내가 「여자의 냄새」를 읽은 독법이다. 소월이 구체적인 현실로부터 비껴 서서 낭만과 이상만 추구하는 관념주의자가 아니라는 걸 확인하는 것만으로도 이 시를 읽는 가치는 충분하다고 생각한다.

사랑은 코카인보다*

— DJ Ultra의 리믹스: 김소월, 「여자의 냄새」+The Czar, 「Drug」

장석원

* 장석원, 『역진화의 시작』, 문학과지성사, 2012.

나는 접붙이기에 성공했다

나와 당신은 드디어 들러붙었다 흘레붙었다

잡종의 시대는 아름답고 혼혈 미인은 유혹적이다

나는 껴안았어요 우리는 사랑을 나누지요 우리는 녹아들 거예요 혼합될 거예요 과포화용액이 되면 아무도 우리의 사랑을 방해할 수 없어요 사랑이 우리를 증발시키는 순간도 오겠지요 어우러져 비끼는 살의 아우성 속에서

당신의 몸이 사라지고 바람은 입술 사이를 오가겠지요 내 욕망에 당신이 몸을 던진다면 생고기의 바다의 냄새 가득한 늦은 봄 하늘 밑에서 아기를 다루듯이 나는 당신에게 사랑을 줄 거예요 다 바쳐서 다 바쳐서

당신의 쾌락은 내가 만들어요 손과 혀에 당신이 붙어 있어요 내게 모든 것을 허락한 비무장의 당신 그것이 사랑이겠어요 내가 없다면 당신의 사랑도 없어요 당신이 사라진다면 보드라운 그리운 어떤 목숨은 내 짧은 쾌락은 끝나겠지요

냄새 많은 그 몸이 좋습니다

사랑하는 혼혈 미인과 나는

비린내 번지는 뱃전에서 합체했어요

바다는 고요하고 지켜보는 갈매기는 흥분하고

나는 통증도 없고 당신은 눈물도 모르고

도살장에 끌려간다 해도 사랑을 나눌 수 있다면

좋아요 사랑이 코카인보다 좋아요

당신의 사랑의 냄새는 위험하지 않아요

전통 서정시의 흐름을 이어받기보다는 모던한 계열의 시를 쓰는 시인에게서 소월을 발견하는 건 무척 흥미로운 일이다. 음악의 리믹스(re-mix) 기법을 차용한 시의 형식부터 근대 초기의 시와는 확연한 거리감을 느끼게 한다.

그렇다면 2002년에 등단한 장석원 시인은 왜 1920년대에 창작한 소월의 「여자의 냄새」에 주목하게 됐을까? 「여자의 냄새」에서 현대성의 단초를 읽어낸 게 아닐까? 충분히 그럴 수 있었을 거라고 생각한다. 그만큼 「여자의 냄새」는 초기 근대시에서 보기 힘들었던 정서를 담고 있으며, 1920년대의 「폐허」의 일부 동인들이 지니고 있던 퇴폐성이나 낭만적 허무주의와도 결이 다르다. 소월의 시에는 육체를 정신의 하위에 놓지 않고 육체를 그 자체로 긍정하는 태도가 담겨 있으며, 이는 전통적인 육체관을 벗어난 현대적인 육체관과 통하는 지점이 있다.

장석원 시인은 소월의 시에 나온 구절과 차르(The Czar)라는 밴드의 노랫말을 적절히 섞어가며 육체의 욕망과 그로부터 비롯되는 쾌락을 긍정하고 있다. 그러기 위해서는 육체의 합체가 전제되어야 하며, 합체의 상대가 되는 '당신'의 존재가 절대적으로 필요하다. 장석원의 시는 순종(純種), 즉 순수와 순결함이라는 전근대적인 이데올로기의 허구성을 비판함과 동시에 잡종, 즉 혼혈 미인을 새로운 미의 기준으로 삼고 있다. 나아가 시라는 장르 역시 접붙이기를 통해 새로운 혈통을 가진 종을 탄생시킬 수 있다고 믿는다.

장석원 시인은 음악평론가로도 활동하고 있으며, 『우리 결코, 음악이 되자 — DJ Ultra의 시와 대중음악』이라는 책을 펴낸 바 있다. 앞에 소개한 장석원의 시는 평소 시와 대중음악의 만남을 옹호하고 추구하던 작업의 결과물인 셈이다. 같은 형식으로 한용운과 정지용, 이상 등을 끌어들인 시를 쓰기도 했다. 시와 대중음악, 과거와 현재를 접속시키는 건 결코 "위험하지 않"은 일이며, 서로 "코카인보다 좋"은 "사랑을 나눌 수 있"기를 시인은 소망하고 있다.

제4부 다른 시인의 시와 겹쳐 읽기

「진달래꽃」과 김언희의 시

진달래꽃

나 보기가 역겨워

가실 때에는

말없이 고이 보내 드리오리다.

영변(寧邊)에 약산(藥山)

진달래꽃,

아름 따다 가실 길에 뿌리오리다.

가시는 걸음 걸음

놓인 그 꽃을

사뿐히 즈려밟고 가시옵소서.

나 보기가 역겨워
가실 때에는
죽어도 아니 눈물 흘리오리다.

다시 「진달래꽃」이다. 소월뿐만 아니라 많은 시인들이 노래했던 꽃! 이영도 시인은 「진달래」라는 시조에서 4·19 때 숨져간 젊은 영령들을 진달래에 빗대어 "그날 스러져 간 젊음 같은 꽃사태"라고 했고, 신동엽 시인이 '진달래 산천'이라는 제목으로 시를 쓴 이후부터 그 말이 아름다운 우리나라 산천을 가리키는 지칭어로 통용되기도 했다. 그만큼 진달래는 우리 민족의 심상 가까이에 자리한 꽃으로 인식되고 있다. 그런 연원의 앞자리에 소월의 「진달래꽃」이 있음은 물론이다.

그런데 여기 참 괴이쩍은 시가 있다. 소월을 이어 받았으되, 아름다움 대신 끔찍함을 우리들의 면전에 던져 놓은 시, 바로 김언희 시인의 작품이다.

역겨운, 역겨운, 역겨운 노래*

김언희

너는 나를 뿌려진 나를 밟고 간다 즈려밟는 발이 내 몸속에 푹
푹 빠진다 오오 진달래 꽃빛으로 뭉그러진 살이 네 발에 엉겨붙
는다 황황히 너는 발을 뽑는다 한쪽 발이 더 깊이 박힌다 뿌려진
눈 뿌려진 코 뿌려진 입으로 밟힌 꽃의 내장이 비그러져 나온다

오오 나, 보기 역겨워

역겨운 역겨운 역겨운 노래를 부른다 눈구멍 콧구멍 귓구멍으
로 내장을 물고

오오, 영변 약산

얼굴이 있어야 할 자리에
구두 한 짝이 박혀 있다

* 김언희, 『말라죽은 앵두나무 아래 잠자는 저 여자』, 민음사, 2000.

>

염통이 있어야 할 자리에

구두 한 짝이 박혀 있다

　김언희 시인에 대한 설명 앞에는 늘 엽기와 하드코어, 악
마주의, 잔혹, 음란 같은 말들이 따라다닌다. 그만큼 김언희
의 시는 보통 사람의 상상을 뛰어넘을 만큼 도발적이어서 시
인이자 평론가인 남진우는 그녀의 시를 일러 '끔찍주의'라
표현했고, 시인 최승호는 '도살장의 언어'라는 말로 설명했
다. 오죽하면 시인 스스로 시집 앞에 붙인 자서(自序)에 "임산
부나 노약자는 읽을 수 없습니다. 심장이 약한 사람, 과민체
질, 알레르기가 있는 사람도 읽을 수 없습니다. 이 시는 구토,
오한, 발열, 흥분의 부작용을 일으킬 수 있습니다. 드물게 경
련과 발작을 일으킬 수도 있습니다. 무엇보다 이 시는 똥 핥
는 개처럼 당신을 // 싹 핥아치워 버릴 수도 있습니다"라는 말
을 붙여 놓았겠는가. 그나마 이 시는 그런 김언희의 작품 중
에서 '끔찍성'이 덜한 편이다.

　김언희는 소월의 「진달래꽃」에서 '역겨워'라는 시어에 주
목한 다음('역겨워'에 대해서는 1부 글을 참조 바람) 시의 제목으로
끌어올렸다. 그것도 세 번이나 반복 사용하여 역겨움을 강조

했다. 그리고 소월 시의 화자가 떠나는 님을 위해 사뿐히 뿌려 놓은 진달래 꽃잎을 자기 시의 화자로 삼았다. 밟힘을 당하는 처지에서 밟는 자를 향해 야유와 조롱을 쏟아붓고 있는 것이다. "오오 나, 보기 역겨워"에서 '나' 다음에 쉼표를 찍은 것은 내가 보고 있는 상황이 역겹다는 의미와 함께 밟히는 내 모습이 역겹다는 의미를 아우르는 중의성을 나타내기 위함으로 보인다. 진달래꽃을 뿌리는 행위에 대해 산화공덕(散花功德: 꽃을 뿌려 공덕을 쌓음)이라는 말까지 끌어들여 거룩한 의미를 담아내던 기존의 해석들과는 아예 접근 방식 자체가 다를 뿐 아니라 해체와 전복을 통해 의미의 재구축을 시도하고 있는 셈이다.

　김언희가 진달래꽃을 도마 위에 올려놓고 칼질을 해서 새로이 만들어낸 저 음식을 무어라 부를 것인가? 패러디는 패러디이되, 소월의 아름다운 시를 능멸하는 역겨운 패러디인 것인가. 아니면 새로운 인식 —— 우리가 미처 떠올리지 못했던, 짓밟힌 꽃잎의 처지에서 바라본 —— 에 눈뜨게 해준 참신한 시인가. 시로 향해 가는 길은 하나만이 아니라는 걸 김언희의 시를 통해 생각해 보는 시간을 가질 수 있다면 그 자체로도 충분하겠다. 나아가 미(美)와 추(醜)는 항상 대립하는 것인가, 추한 것은 그 자체로 나쁜 것인가, 우리의 삶과 의식 속

에 내재한 추(욕망 혹은 폭력이라 부를 수도 있는)를 어떻게 이해할
것인가 하는 질문들을 던져보는 것도 나쁘지는 않겠다. 그런
과정을 통해 새로운 시의 세계로 진입할 수 있는 통로 하나
를 더 확보할 수도 있을 테니까.

1902년 9월 7일(음력 8월 6일) 외가인 평안북도 구성에서 아버지
        김성도와 어머니 장경숙 사이에서 장남으로 태어남. 본명
        은 정식(廷湜). 몇 달 후 친가가 있는 정주군 곽산의 남산
        리(남단리. 남단동이라고도 함)로 와서 자람.

1904년 아버지 김성도가 정주·곽산 간 철로공사 현장을 지나다가
        일본인 목도꾼들에게 맞아 그 후 평생을 정신이상 상태로
        지냄.

1907년 할아버지 김상주가 훈장을 초빙하여 한문 공부를 함.

1909년 공주 김씨 문중이 세운 남산소학교에 입학함.

1913년 남산소학교를 졸업함.

1916년 구성 출신인 세 살 연상의 홍상일과 결혼함. 이후 김소월
        이 부인의 이름을 홍단실로 바꾸어줌.(호적에는 홍실단으로
        올렸다는 설이 있음.)

1917년 이승훈이 설립한 오산학교에 입학함. 스승 김억을 만나 문

학 수업을 받기 시작했으며, 당시 교장이던 조만식 선생 등의 영향으로 민족의식을 갖게 됨.

1919년 오산학교 학생과 교직원들이 3·1만세운동에 참여했다 하여 일본 헌병들이 오산학교를 불태움. 오산학교 폐교에 따라 학업을 중단하게 됨. 맏딸 구생이 태어남.

1920년 2월에 김억의 소개로 문예동인지『창조』에「낭인(浪人)의 봄」등 다섯 편의 시를 김소월이라는 필명으로 발표하며 문단에 나옴. 7월에『학생계』창간호에「먼 후일」등 세 편의 시를 발표하고, 10월호에는 수필「춘조(春潮)」를 발표함. 둘째딸 구원이 태어남.

1921년 『학생계』와『동아일보』독자문단에 다수의 시를 발표함.

1922년 배재고등보통학교 5학년에 편입하고, 교지『배재』의 편집위원으로 활동함.『개벽』에「금잔디」등 작품성이 뛰어난 시를 본격적으로 발표하며 이름을 얻기 시작하고, 10월호에는 단편소설「함박눈」을 발표함.

1923년 3월 1일에 배재고등보통학교를 7회로 졸업함. 5월에 일본의 동경 상과대학으로 유학을 떠났으나 9월에 일어난 관동대진재로 중도에 귀국함. 귀국 후 잠시 서울에 머물며 나도향, 염상섭 등과 어울림.

1924년 고향인 곽산에 머물며 조부의 광산 일을 도움.『영대』동인으로 참가하여 작품을 발표함. 장남 준호가 태어남.

1925년   『개벽』 5호에 시론 「시혼(詩魂)」을 발표함. 12월에 시집 『진달래꽃』을 김억이 운영하던 '매문사'에서 간행함.

1926년   처가 근처의 구성군으로 이사를 하고 고향과 인연을 끊다시피 함. 8월에 『동아일보』 구성지국을 개설하여 다음해 3월까지 지국장을 맡음. 둘째아들 은호가 태어남. 『가면』, 『조선문단』 등에 작품을 발표함.

1927년   3월 『동아일보』 지국장을 그만두고 농사를 지음. 작품 발표가 뜸해지기 시작함.

1929년   『문예공론』에 작품을 발표했으나, 그중 「저급생활」이 검열에 걸려 전문이 삭제당함.

1932년   셋째아들 정호가 태어남. 이후 김정호 씨는 한국전쟁 당시 인민군이 되어 남쪽으로 내려왔다가 포로가 된 다음 반공포로로 석방되어 남한에서 생활하기 시작했으며, 그 후손들이 흩어져서 살고 있음. 맏딸 김구생 씨 역시 한국전쟁 때 남한으로 내려와서 그 후손들이 살고 있음.

1934년   『삼천리』에 다수의 작품을 발표하며 다시 왕성한 시작 활동을 보여줌. 가을 무렵 고향의 산소에 다녀온 후, 12월 23일 밤에 자다가 숨짐. 12월 29일자 『동아일보』에 뇌일혈로 사망했다는 기사가 났으나, 이후 부인에 의해 아편을 먹고 자살했다는 이야기가 흘러나옴. 구성군 평지면 터진고개에 묻혔다가 이후 고향인 남산리로 무덤을 옮김.

1935년   넷째아들 낙호가 유복자로 태어남. 1월 28일에 김억, 김동
        인, 박종화 등 선배·동료 문인 100여 명이 종로의 백합원
        에 모여 추도회를 거행함.

1939년   『여성』에 「박넝쿨타령」 등 유고시 12편이 발표됨. 김억이
        시선집 『소월시초』를 펴냄. 이후 1970년대에 하동호, 김종
        욱 씨 등에 의해 다수의 유고시가 발굴되어 공개됨.

1981년   금관문화훈장이 추서됨.

참고 문헌

『정본 소월 전집 상·하』(김종욱 평석, 명상, 2005)

『원본 김소월 시집』(김용직 주해, 깊은샘, 2007)

『소월 김정식 전집 1·2·3』(전정구 엮음, 한국문화사, 1994)

『김소월 연구』(송희복, 태학사, 1994)

『김소월 연구』(정한모 해설, 새문사, 1982)

『김정식 작품 연구』(전정구, 소명출판, 2007)

『김소월론』(엄호석, 한국문화사, 1996)

『김소월 평전』(김학동, 새문사, 2013)

『김소월 그 삶과 문학』(오세영, 서울대학교출판부, 2000)

『진달래꽃 다시 읽기』(김만수, 강, 2017)

『노래의 상상계』(신범순, 서울대학교출판문화원, 2011)

『약산 진달래는 우런 붉어라』(계희영, 문학세계사, 1982)

『소월의 딸들』(김상은, Korea.Com, 2012)

『김소월, 저만치 혼자서 피어 있네』(박일환, 우리학교, 2013)

진달래꽃에 갇힌 김소월 구하기

새롭게 읽는 소월의 시

초판 1쇄 발행 2018년 7월 2일
초판 2쇄 발행 2019년 3월 25일

지은이 박일환
펴낸이 오은지
책임편집 변흥철
디자인 박대성
펴낸곳 도서출판 한티재 | 등록 2010년 4월 12일 제2010-000010호
주소 42087 대구시 수성구 달구벌대로 492길 15
전화 053-743-8368 | 팩스 053-743-8367
전자우편 hantibooks@gmail.com | 블로그 www.hantibooks.com

ⓒ 박일환 2018
ISBN 978-89-97090-89-1 04810
ISBN 978-89-97090-73-0 (세트)

이 도서의 국립중앙도서관 출판예정도서목록(CIP)은 서지정보유통지원시스템
홈페이지(http://seoji.nl.go.kr)와 국가자료공동목록시스템
(http://www.nl.go.kr/kolisnet)에서 이용하실 수 있습니다.
(CIP제어번호: CIP2018017683)